KB121249

로크미디어가
유혹하는
재미있는 세상

ROK
MEDIA
로크미디어

예지몽으로 히든랭커 30

2023년 5월 18일 초판 1쇄 인쇄
2023년 5월 23일 초판 1쇄 발행

지은이 이현비
발행인 강준규

기획 이기헌 왕소현 박경무 강민구 조익현
책임편집 백승미
마케팅지원 이원선

발행처 (주)로크미디어
출판등록 2003년 3월 24일
주소 서울시 마포구 마포대로 45 일진빌딩 6층
Tel (02)3273-5135 Fax (02)3273-5134
홈페이지 rokmedia.com E-mail rokmedia@empas.com

값 9,000원

ISBN 979-11-354-7930-4 (30권)
ISBN 979-11-354-9382-9 04810 (세트)

예지몽으로
히든랭커

이현비 게임 판타지 장편소설 30

CONTENTS

던전 클리어

잠시 전투가 소강상태에 빠졌다.

연이은 공격으로 막대한 피해를 입은 하피와 그리핀 들은 겁을 집어먹고 더 이상 공격을 감행하지 않았다.

'골치 아프네.'

사실 마나포도 그렇고 마법 또한 아무리 위력적이라도 일정한 거리 안으로 들어오지 않으면 소용이 없었다.

'좋아! 너희가 그렇게 나온다면 생각이 있지.'

투명날개를 장착한 가온이 은신한 상태로 던전의 천장과 가까운 높은 상공으로 솟구치더니 천천히 내려오면서 플라위스들을 소환했다.

'머리를 집중적으로 공격해!'

어차피 상대가 되지는 않지만 그래도 하피와 그리핀의 숫자가 아직도 3천여 마리나 되니 플라위스들도 조심해야만 했다.

하피와 그리핀은 전용 아공간에 들어갔다가 나온 플라위스들에게는 바로 전에 사냥했던 손쉬운 사냥감에 불과했다.

아래쪽에만 신경을 쓰고 있었던 그리핀과 하피 들은 화살처럼 빠르게 내리꽂히며 오러가 일렁이는 발톱과 부리로 머리를 부숴 버리는 플라위스의 공격을 감당하지 못했다.

느닷없이 습격을 당하는 바람에 혼비백산한 하피와 그리핀 들이 사방으로 흩어졌지만 비행 속도는 물론 비행술까지 플라위스가 몇 단계 위였다.

그렇게 하늘에서 쫓고 쫓기는 살육전이 벌어지는 동안 가온은 은신 상태로 날아다니면서 준보스급에 해당하는 하피와 그리핀만 찾아서 마나탄으로 머리통에 구멍을 뚫는 방식으로 사냥했다.

와이번도 쉽게 사냥하는 플라위스들에게 하피와 그리핀은 무척 손쉬운 상대였기에 놈들은 겁에 질려서 도망을 치는 와중이라 가온의 마나탄 공격을 감지하지도 못했다.

얼마나 공황에 빠졌는지 방금 전까지 그렇게 두려워하던 마나포와 마법의 존재를 잊고 다시 아래쪽으로 날아간 놈들도 엄청나게 많았다.

물론 그런 놈들은 마나포, 마법 그리고 폭발시에 의해서 처참하게 죽어 갔다.

그렇게 일방적인 사냥이 진행되자 살아남은 하피와 그리핀 들은 필사적으로 던전 중앙에 있는 바위산으로 도망을 쳤지만 보스가 있는 곳까지 도착한 놈들은 불과 200여 마리에 불과했다.

끼아아아아!

캐애애애액!

멀리에서도 눈에 띄는 거대한 몸집의 하피와 그리핀 수십 마리가 피어와 함께 모습을 드러냈지만 준보스 정도를 두려워할 플라위스들이 아니다.

레드, 블루, 퍼플은 오히려 신이 난 듯 놈들을 향해 앞장서 날아갔고, 다수의 적을 상대로 선명한 부리와 발톱 형상의 오러를 내세워 압도적인 기세로 사냥을 시작했다.

홀로 바위산의 정상으로 날아간 가온은 움푹 들어간 깊고 넓은 구덩이 안에서 몸을 일으키는 거대한 몸집의 하피와 그리핀의 모습을 볼 수 있었다.

'이 던전은 보스가 둘인가 본데 마치 조인족 같군.'

하피 보스는 톱날처럼 날카로운 이빨로 가득한 입과 특유의 날개가 있다는 점을 빼면 완벽한 인간 여인의 몸을 가지고 있었다. 눈처럼 희고 매끄러운 살결과 길게 늘어진 검은 머리카락이 유방과 사타구니를 살짝 가리고 있는 모습은 보통 남자라면 단숨에 매혹될 정도였다.

그리핀 보스도 주둥이가 부리처럼 튀어나온 것과 강철처럼 단단한 깃털이 있는 커다란 날개를 가지고 있다는 점을 빼면 완벽한 인간 남성의 몸을 가지고 있었는데 높은 사타구니를 깃털을 엮은 치마와 같은 옷으로 가리고 있었다.

가온은 두 보스의 모습을 확인하고 어쩌면 조류의 최종 진화형은 조인족이 아닐까 하는 생각을 했다.

'설마 저 둘이 커플인가?'

하피와 그리핀은 종 자체가 달랐지만 다정해 보이는 모습을 보면 차원석의 힘을 흡수하는 과정에서 새로운 종으로 진화한 것 같았다.

그런데 이내 던전의 상황을 파악한 듯 두 보스의 몸에 변화가 일어났다. 몸집이 세 배 가까이 커지는가 싶더니 전신에서 긴 털이 솟아 나와 순식간에 몸을 가릴 정도로 빽빽해졌는데 한눈에도 방호력이 높아 보였다.

외모도 변했다. 조인족의 외형에서 원래의 모습으로 돌아갔다.

하피 보스의 입이 벌어지며 톱날처럼 날카로운 이빨이 드러났고, 그리핀 보스의 부리는 그리핀의 그것처럼 길어졌다. 둘 다 손톱과 발톱도 길어졌을 뿐 아니라 손톱과 발톱 형상이 선명한 오러까지 생성되었다.

'둘 다 오러 네일을 완벽하게 사용할 수 있는 최상급 마수군.'

오러 네일을 완벽하게 쓸 수 있다는 사실 하나만으로도 타이탄 정도는 무력화시킬 수 있지만, 던전의 보스인 만큼 더 위력적인 스킬을 가지고 있을 가능성이 아주 높았다.

어느 곳에서든 왕 노릇을 할 수 있는 놈들이었지만 투명화 상태로 날아다닐 수 있는 가온과는 상성이 너무 좋지 않았다.

놈들은 가온의 존재를 전혀 알아차리지 못하고 있었다. 물론 날 수 있는 인간이 있을 거라고는 생각도 하지 못했겠지만 말이다.

'너희들에게는 특별히 벼락의 맛을 보여 주마!'

가온이 뇌룡의 폭주 스킬을 발동하자 놈들의 바로 머리 위에서 먹구름이 끼는가 싶더니 서른여섯 줄기의 시퍼런 뇌전의 창이 천둥과 함께 막 둥지를 빠져나오던 하피와 그리핀 보스를 직격했다.

츠즈즈즈.

가가가각!

그리핀 보스는 시퍼런 뇌전의 창에 직격당하는 순간 뻣뻣하게 굳었지만 필사적으로 오러로 이루어진 두꺼운 보호막을 펼친 채 하피 보스를 품 안으로 끌어들인 후 날개를 접어 몸을 가렸다.

하지만 보호막은 순식간에 녹아 버렸다. 그만큼 뇌전 다발의 위력이 강력했다.

뇌전 다발의 절반은 보호막과 부딪혀 사라졌지만 나머지 절반은 멀쩡했다. 그것들이 날개를 접어 몸을 숨기고 있는 두 보스를 직격하려고 할 때 또다시 오러 방어막이 생겼는데 이전의 것보다는 다소 얇았지만, 두 보스는 간신히 숯덩이가 되는 상황을 피할 수 있었다.

얼마 후 보호막은 녹아 버리고 정신이 나간 것 같은 두 보스가 모습을 드러냈는데, 그리핀 보스의 날개는 군데군데 시커멓게 변했지만 서른여섯 줄기의 뇌전도 놈들에게 제대로 된 피해를 주지는 못했다.

'그게 끝이 아니야!'

투두두두두!

놈들이 미처 상황을 파악하기도 전에 지척까지 접근한 가온의 열 손가락에서 마나탄이 다섯 번에 걸쳐 발출되었다.

놈들은 보스답게 금방 가온의 기척을 알아차렸지만 이미 거리가 너무 가까웠다. 열 발의 마나탄들은 막 생성되는 보호막을 가볍게 뚫고 두 보스의 머리며 심장을 사정없이 관통했다.

차원석을 통해 진화의 끝을 본 보스들이지만 가온과 같은 강자를 상대한 적도 없었고, 지능도 낮은 편이라 자신의 능력을 제대로 펼쳐 보이지도 못하고 그렇게 끝이 났다.

그렇게 두 보스를 처리한 가온은 파워드레인 스킬을 펼친 상태로 놈들이 있던 둥지를 살펴봤다.

'정말 희한하네.'

장축이 1미터는 될 것 같은 거대한 알 열 개가 눈에 들어왔다.

'진화의 결과 종이 다른 하피와 그리핀도 번식이 가능한 걸까?'

알의 정체는 알 수 없지만 거대한 알 사이로 바닥에 박혀 있는 차원석이 보였다.

'이건 나중에!'

알들을 모두 챙긴 가온은 차원석은 내버려 두고 아직도 사냥을 하고 있는 플라위스들과 함께 마나탄으로 도망치고 있는 하피와 그리핀의 머리통에 구멍을 뚫어 주었다.

물론 사체는 정령들이 챙기고 있었다. 상태가 멀쩡한 것들은 나중에 시간이 날 때 구울로 제련할 생각으로 챙기고 나머지는 마정석을 적출하는 것이다.

차원석을 막 챙겼을 때 생각하지 못했던 사냥감이 더 있다는 사실을 깨달았다. 던전이 붕괴되는 현상이 전혀 없었던 것이다.

'아! 변종 아울이 남았구나.'

시간은 좀 걸릴 테지만 어려울 것은 없었다. 가온은 정령들에게 변종 아울들의 위치를 파악하도록 시켰다.

환한 낮이라서 그런지 변종 아울들은 몸집이 워낙 큰 만큼 나뭇가지에 앉은 자세가 아니라 거대한 나무의 썩은 구멍에서 숙면을 취하고 있었다.

정령들이 위치를 파악해서 알려 주면 가온은 자고 있거나 하늘에서 생긴 변고에 잠에서 깨어나 주위를 살피는 놈들을 마나탄으로 한 마리씩 정리했다.

플라위스도 있고 마나포를 지닌 타이탄 전사들도 있었지만 변종 아울을 사냥하는 일은 가온이 오롯이 전담했다.

변종 아울은 울창한 숲속에서, 그것도 높이가 수십 미터에 이르는 거목의 중간쯤에 난 구멍에 있어 도움을 받기가 어려웠다.

그래도 정령들이 모두 나섰고 막대한 마나가 압축된 마나탄을 감당하는 놈들이 없었기에 시간이 걸렸을 뿐 어려움은 전혀 없었다.

강력한 보호막과 방어력이 뛰어난 털을 가진 보스도 제대로 정신도 차리지 못한 상태에서 연이어 발사된 마나탄 다섯 발에 속절없이 생을 달리했다.

그렇게 변종 아울 보스까지 처리하자 비로소 던전이 붕괴하기 시작했다.

그렇게 여우족으로 하여금 이주를 생각하게 만들었던 비행 마수 던전은 정리가 되었다.

'이제 보상을 확인해야지.'

고생한 만큼 즐거운 시간이 기다리고 있었다.

보상을 확인한 가온의 입꼬리가 슬쩍 위로 올라갔다.

'역시 던전, 그것도 높은 등급이 최고네!'

던전을 클리어하자 꽤 많은 보상이 쏟아졌다.

일단 레벨이 5나 올랐다. 이전의 던전에서는 레벨이 전혀 오르지 않았다는 사실을 감안하면 아주 큰 보상이었다.

'에너지도 크게 늘었어.'

준보스들과 세 보스를 대상으로 한 파워드레인 스킬 덕분에 음양기와 마력이 대략 40만 이상씩 올랐다.

'영석이 나왔으면 좋았을 텐데.'

본신이 영석을 필요로 하는 모양인데 조만간 마족 던전을 공략해야 할 것 같다.

'거의 최상급에 해당하는 보스가 세 마리라서 그런지 명예 포인트도 300만이나 주었네.'

스텟도 소소하게 늘었지만 워낙 기본수가 커서 큰 차이는 없었다.

스킬이야 마나탄을 제외하고는 딱히 활용한 것이 없어서 변화는 없을 것이다.

그래도 오랜만에 새로운 칭호를 획득했다.

'비행 마수 학살자라.'

비행 마수를 상대로 전투력 20%가 상승되는 효과를 가지고 있어서 무척 만족스럽다.

플라위스들이 있지만 그래도 자신이 직접 비행 마수를 사냥해야 할 경우가 종종 있을 테니 말이다.

다만 아쉽게도 특성이나 스킬은 나오지 않았다.

'그래도 아이템은 나왔으니 다행이지.'

아이템 중 하나는 투명날개와 비슷한 비행 아이템인데, 은신 기능은 없지만 의지로 장착한 후 마나와 의지를 사용해서 비행이 가능한 날개 아이템으로 무려 10세트나 나왔다.

정식 이름은 '그리핀 날개'로 등급은 희귀였다. 서사 등급인 투명날개와는 비교할 수도 없지만 초당 10의 마나를 소모하는 것치고는 비행이 가능해서 굉장히 유용했다.

'아나샤와 아레오가 좋아하겠네.'

지금도 종종 자신의 품에 안겨서 하늘을 날고 싶다는 얘기를 할 정도이니 선물하면 기뻐할 것이다. 모둔이야 공간 이동이 가능하니 필요하지 않을 테지만 일단 주어야 했다.

'아니야!'

갑자기 좋은 생각이 떠올랐다.

'비행 아이템과 공간 이동 결계술을 결합하면 기동력을 현격하게 올릴 수 있어!'

두 가지를 잘 사용하면 자신이 투명 날개로 목적지에 도착한 후 아니테라의 전사들을 소환하는 것과 비슷하게 전사들을 운용할 수 있었다.

'앞으로 스노족 결계술사들이 중요한 역할을 하겠군.'

먼저 비행 아이템을 착용한 대전사장이 비행을 통해서 목적지를 확인한 후 돌아와서 이동 결계를 사용하면 최대 20명까지는 순식간에 이동할 수 있었다.

당연히 결계진의 한계로 인해서 목적지는 2만 보 거리 이내여야 하지만 숲과 같은 지형에서 마나를 소모해서 이동하는 것보다는 훨씬 시간이 단축되고 특히 소수 정예가 작전을 할 때는 엄청난 도움이 될 것이다.

그렇게 보상을 확인한 가온은 자신과 마찬가지로 환한 얼굴로 떠들고 있는 라이더들에게 시선을 돌렸다.

전사와 마법사 들은 갓상점 접속 권한과 함께 명예 포인트를 획득한 뒤 궁금해하는 드워프들에게 갓상점에 대해서 설명을 해 주었고, 갓상점에 처음 접속해 본 드워프들은 크게 기뻐하고 있었다.

가온은 그들에게 치하를 한 후 아니테라로 돌려보낸 후 정령들이 챙기지 않은 하피와 그리핀 사체에서 연한 내장을 뽑아서 먹어 치우고 있는 플라위스들을 불러들여 전용 아공간으로 보냈다.

여우족 족장과 원로들은 가온에게 의념을 전달받은 아그네스를 통해서 비행 마수 던전을 공략했다는 소식을 듣자마자 달려왔다. 그리고 처참한 모습으로 죽어 나자빠진 하피와 그리핀의 무수한 사체를 보고 잠시 아무 말도 하지 못했다.

무엇보다 던전이 서서히 붕괴되고 있어서 던전이 클리어되었다는 것은 확실했다.

"대, 대체 어떻게?"

아직도 입을 다물지 못하는 원로들을 대표해서 아델이 물었지만 굳이 말해 줄 필요는 없었다.

"의뢰는 끝난 것 같은데 어떻게 생각하십니까?"

"하아! 정말 대단하시네요. 수고하셨어요. 약속한 나인테일이에요."

아델은 나인테일을 넘겨주면서도 아까웠는지 손을 벌벌 떨었다.

"혹시 타이탄이 사용했던 활과 화살을 구입할 수 있을까요?"

아델도 타이탄의 원거리 공격 능력을 알아본 것이다.

"물론 가능합니다."

여우족이야 당연히 어떻게든 모방을 할 생각이겠지만 화약이라는 개념이 거의 없는 현재의 아이테르 문명으로는 폭발시를 절대로 만들 수 없을 것이다.

드워프족이 남아 있다면 혹시 가능할 수도 있지만 그들은 이미 아니테라로 이주했으니 불가능한 일이다.

가온은 그냥 내줄 수도 있는 무기였지만 이들이 휴먼족에게 한 일을 생각해서 여우족이 보유한 마정석을 모조리 받아낸 후에야 타이탄 전용 대궁과 폭발시 300발을 내주었다.

그렇게 거래가 끝났지만 바로 릴센으로 갈 필요는 없었다. 마침 오랜만에 여우성에 돌아온 아그네스도 성의 위기가 해결되었기에 만나 볼 사람들이 많다고 했다.

가온은 해 질 무렵에 착륙했던 산 아래에서 아그네스를 다시 만나기로 하고 자리를 벗어난 후 적당한 곳에서 아니테라로 넘어갔다.

드워프족과 휴먼족의 합류로 인해서 아니테라에는 더욱 강한 활기가 돌았다.

일단 타이탄의 생산량이 큰 폭으로 증가했다. 드워프족 장인과 휴먼족 대장장이 그리고 스노족 결계술사들이 공정에 투입되자 아니테라의 거주민을 위한 타이탄들은 물론 판매용 타이탄과 건설용 타이탄 그리고 기가스의 생산량이 크게 늘어났다.

현재 전사단은 전원 타이탄과 기가스를 지급받았기에 아니테라 전용 타이탄은 베타급만 생산하고 있었다.

하루에 3기씩 생산되는 베타급 타이탄은 출고되기가 무섭게 전사장 중 실력 순으로 지급되었고, 그 전사장이 사용하던 알파급 타이탄은 기가스를 지급받았던 전사 중 역시 실력 순으로 지급되는 순환 과정이 진행되고 있었다.

마법사용 타이탄의 경우 지금은 알파급만 생산하고 있는

데 하루에 10기씩 출고되고 있었다.

다만 가온이 지급 대상을 정하지 않아서 창고에 차곡차곡 쌓이고 있을 뿐이다.

이번의 인력 확충으로 인해 판매용 타이탄과 기가스의 수량이 가장 크게 늘었다.

베타급은 하루에 5기, 알파급 타이탄은 20기, 기가스는 무려 200기에 달했던 것이다.

그렇게 타이탄 공방의 생산 능력이 높아진 것은 생산 인력의 충원도 한몫을 했지만, 결정적으로 가동을 시작한 제련소와 제철소 덕분이었다.

다양한 부품은 물론 가장 중요한 후판을 충분하게 생산하기 시작한 것이다.

그러는 동안 벼리와 파넬 그리고 알름과 라트렌은 머리를 맞대고 연구를 해서 베타급 마법사용 타이탄 설계도를 완성했고, 마법사용 타이탄의 경우 생산 라인을 베타급과 알파급으로 분리해서 본격적인 생산에 들어갔다.

그러는 동안 가온은 사랑하는 여인들과 즐거운 시간을 보냈다.

"세상에!"

"이런 아이템이 있을 줄은 몰랐어요!"

가온이 선물한 그리핀 날개를 착용하고 그와 함께 아니테라의 하늘을 비행하게 된 아레오와 아나샤 그리고 모둔은 이

전처럼 움직일 수 없는 상태가 아니라 자신들의 의지로 자유롭게 날 수 있다는 사실에 너무나 기뻐했다.

모둔은 공간 이동 능력이 있었지만 의외로 그리핀 날개를 이용해서 비행하는 것을 즐겼다. 공간 이동의 경우 순식간에 목표 지점까지 이동하는 장점이 있었지만, 이렇게 하늘을 나는 생생한 감각은 느낄 수가 없었기 때문이다.

세 여인은 비록 제대로 그리핀의 날개를 익숙하게 사용하는 데 며칠이나 걸렸지만 제대로 비행하는 기분은 너무나 짜릿했다.

그렇게 비행을 할 때면 바쁜 하루를 보내면서 쌓였던 스트레스가 거짓말처럼 사라지기 때문에 저녁 무렵이면 네 사람은 루틴처럼 1시간 정도는 꼭 비행을 즐겼다.

네 사람은 시간이 날 때마다 함께 비행을 즐기며 즐거운 추억을 많이 쌓는 한편 처음과는 비교할 수 없을 정도로 확장된 아니테라 곳곳을 탐험했다.

그러면서 새롭게 알게 된 것도 있었다.

"아무래도 아니테라는 버려진 행성인 것 같아요."

"생물체가 전혀 없는 것으로 봐서는 태초의 행성일 가능성도 있어요."

태초의 행성이란 알테어의 설명에 의하면 아직 생명 활동이 일어나지 않은 행성이며 태초의 에너지로 가득한 곳이라고 했다. 그래서 오히려 생물체에게는 천국이나 다름없는 환경이라는 것이다.

차원석의 추가로 확장된 지역도 생명체가 전혀 없는 황무지라는 점은 마찬가지였지만 네 사람은 가는 곳마다 엘프족과 모라이족에게 부탁해서 받은 나무를 심고 꽃씨와 약초의 씨를 뿌렸다.

아니테라 자체는 생명력이 왕성한 곳이니 시간이 지나면 지금 개발된 구역처럼 풍요로운 땅으로 변할 것이다.

그렇게 매일 같은 취미를 공유하는 과정에서 네 사람은 서로 간의 유대가 한층 더 강화되는 행복한 느낌을 느낄 수 있었다.

다시 아이테르 차원으로 건너가기 전날.

아레오와 아나샤에게 갔던 가온이 내려오자 기다린 만큼 뜨거운 사랑을 나눈 모둔은 땀에 젖은 몸으로 가온의 품에 안겨 열락의 흔적이 역력하게 남은 요염한 얼굴로 뜻밖의 부탁을 해 왔다.

"모둔도 타이탄을 타고 싶다고?"

"네!"

가만, 그러고 보니 아레오와 아나샤는 마법사 전용 타이탄을 받았지만 모둔은 전사용 타이탄도 받지 않았다.

"어떤 타이탄을 원하는데?"

가온도 모둔이 자신처럼 마검사를 지향한다는 사실은 알

고 있었지만, 검술 수련을 시작했다는 얘기는 듣지 못했다.

"온 랑이 고대 유적지에서 얻은 세 타이탄 중 하나를 주셨으면 해요."

"으음. 주는 거야 어렵지 않은데 모둔이 제대로 활용할 수 있을까?"

모둔은 모든 속성의 마나를 다룰 수 있지만 제대로 된 수련을 하지 않았다. 당연한 것이 육체를 만든 것이 불과 얼마 전이었다.

"현재의 제 육체는 그동안 숱한 인간들을 대상으로 한 조사와 연구를 바탕으로 창조했어요. 온 랑처럼 정령 친화력부터 시작해서 검술에 대한 재능은 물론 마법에 대한 재능도 최고 수준이에요. 조금만 노력하면 충분히 고대 타이탄의 주인이 될 자격을 갖출 수 있을 거라고 자신해요!"

가온은 심안 스킬을 사용해서 모둔의 현재 상태를 확인했다가 크게 놀랐다.

심장과 일체화되어 있는 농밀한 마력 덩어리와 고속도로처럼 뚫린 마나로드 그리고 마나오션에서 고속으로 회전하고 있는 고밀도의 마나 덩어리는 그녀가 이미 상당한 경지의 마검사가 되었다는 사실을 알 수 있게 해 주었다.

"모둔의 심장 상태가 왜 이래?"

"저는 용언 마법을 익히려고 처음부터 이렇게 마력을 심장에 융합시키고 있어요."

"그럼 마나 하트?"

일명 드래곤 하트라고도 하는 마나 하트는 마나로 이루어진 심장이라고 할 수 있는데 그만큼 강력한 위력을 가진 마법을 빠르게 구현할 수 있었다.

그리고 용언 마법은 막대한 마나와 강력한 의지 그리고 선명한 연상력을 통해 구현하는 마법으로 언어를 통해서 자연의 힘이나 세상의 이치를 다루는 힘을 불러오는데, 드래곤이 사용한다고 알려졌다.

"어떻게 용언 마법을 배우려고?"

"예전에 온 랑이 들어갔던 고대 도서관 유적지를 기억하세요?"

"당연히 기억하지."

벼리로 하여금 그곳의 책들을 기억하게 해서 나온 기억이 있다.

"거기에 용언 마법과 관련된 마법서들이 몇 권 있었어요. 벼리가 말하길 저라면 용언 마법을 사용할 수 있을 거라고 하더라고요."

하긴. 생각해 보면 모둔은 모든 종류의 마나를 다룰 수 있을 뿐 아니라 헤아릴 수조차 없는 오랜 세월 동안 마나를 축적해 왔으니 마나의 양은 드래곤의 그것과는 비교도 되지 않을 정도로 막대했다.

인간이 아니고 다른 환경에서 지냈지만 그녀가 살아왔던

시간을 생각하면 정신력 혹은 의지력이 얼마나 강한지 충분히 짐작할 수 있었다.

"그렇군. 검술로도 익스퍼트가 된 거야?"

"네, 온 랑. 얼마 전에요. 마법은 비교적 쉽게 익히고 있는데 철월검술 쪽이 미흡해요. 마나는 충분한데 아직 검술에 대한 깨달음이 부족한 것 같아요."

인간으로 현신한 것이 오래되지 않았고 모둔의 건강을 위해서 가벼운 마음으로 철월검술을 가르친 것도 불과 얼마 전인데 벌써 이 정도라니 정말 앞날이 기대가 되었다.

"좋아! 당신이 세 타이탄 중 하나의 주인이 되면 나야 더좋지."

원래 고대 유적지에서 얻은 세 여성형 타이탄은 황비를 위한 것이다. 당연히 최고의 능력을 발휘할 수 있으니 자신에게도 큰 도움이 될 것이다. 더구나 그 주인이 자신의 여인이니 더할 나위가 없었다.

"그럼 내일부터 저도 타이탄 기동훈련을 할게요."

"내가 검술을 따로 지도해 줄까?"

마법이야 매직북으로 익혔기에 남을 가르칠 수 없지만 검술이라면 다르다.

"괜찮아요. 일단 알파급으로 기동훈련부터 할게요. 기본을 충실하게 쌓고 난 후에 검술을 배우고 싶어요."

"좋은 생각이야. 기초가 튼튼해야 건물을 높이 올릴 수 있는 법이니까. 그럼 그렇게 하고 다음에 와서는 당신에게 맞는 타이탄 전용 검술을 가르쳐 줄게."

아틀라스에게 배워서 익힌 타이탄 전용 검술은 에르트 검술과 포르투 검술 두 가지지만, 다른 세 종의 검술 중 모둔과 같은 체형을 가진 여성에게 잘 맞는 검술이 있음을 알고 있었다.

쾌검류에 속하지만 마나가 바탕이 된다면 그 어떤 검술보다 강력한 위력을 발휘할 수 있는 두르카 검술이라면 모둔의 능력을 어느 정도 끌어낼 수 있을 것이다.

"고마워요, 온 랑."

모둔은 가온이 너무 선선한 태도로 자신의 부탁을 받아 주는 것에 감동을 받았다.

'호호호! 아레오와 아나샤도 가지지 못한 고대 타이탄 3기 중 하나의 주인은 바로 나야!'

모둔은 세 여성형 타이탄이 가지고 있는 의미를 너무나 잘 알고 있었다. 그 타이탄은 황제의 여인만이 가질 수 있었고 이제 자신은 그 세 여인 중 하나로 누구도 흔들 수 없는 위치를 점한 것이다.

세 타이탄에 그런 의미가 있다는 사실은 지금 마법사 전용 타이탄에 푹 빠져 있는 아레오나 아나샤는 절대로 모를 것이다.

'탄 차원에 있는 투하란이라는 여인도 결국 마법과 비슷

한 주술을 익히고 있으니 나는 온 랑처럼 마검사가 되어야만 해!'

비록 인간이 되었지만 그녀의 근원은 정령이다. 그래서 원래는 정령들과 친해야 하지만 성질이 더러운 카오스 때문에 모둔은 벼리와 파넬 그리고 알테어와 더 친하게 지냈다.

그 결과 세 정신체가 건네주는 다양한 정보 매체를 탐독하면서 인간에 대해서 알아본 바, 인간은 많이 만나고 소소하더라도 자주 대화를 하고 스킨십을 해야 정이 두터워진다. 육체의 사랑은 말할 것도 없고.

모둔은 아레오나 아나샤와 달리 자기의 능력을 높이거나 성장시키는 것보다는 가온의 사랑이 더 소중했다.

자신이 그에게 예속된 존재라서가 아니다. 그의 곁에 항상 있고 싶어서 아득한 시간 동안 쌓은 마나의 태반을 사용해서 인간의 육체로 현신한 그녀였다.

'온 랑이 다른 이들에게 보여 주길 꺼릴 정도로 부담스럽게 아름다운 외모로 현신한 것은 실수지만 그거야 인식 장애 마법을 익히면 되니까.'

그래서 검술과 함께 마법까지 익히려는 것이다.

릴센 시티의 경매

해 질 무렵, 약속한 장소에서 아그네스와 만난 가온은 곧바로 투명날개를 장착해서 릴센 시티로 날아왔다.

성문을 통과한 가온과 아그네스는 여우족의 미래를 주제로 이런저런 얘기를 하면서 내일 경매가 열리기로 한 용병길드 지부로 가다가 외성 구역 전체에 걸쳐서 평소보다 훨씬 더 많은 사람들이 오가는 모습을 확인할 수 있었다.

용병들이 대다수를 차지했지만 상인들이나 전사 특유의 복장을 하고 있는 이들도 꽤 많이 보였다. 그들로 인해서 외성 구역의 여관이며 식당 들이 호황을 누리고 있었다.

"무슨 일이 있나?"

"호호호. 그거야 당연히 경매 때문이죠. 이미 일주일 전부터 사람들이 모여들기 시작했어요."

가온의 혼잣말에 아그네스가 웃으며 설명을 했다.

"그럼 이 모든 사람이 경매에 참가하려고 릴센에 왔단 말입니까?"

"네, 맞아요. 내일 열릴 경매 때문에 각지에서 사람들이 몰려들었어요. 여우성에 가기 전날까지만 해도 용병 길드가 난리도 아니었어요."

"흐음. 잘못하면 경매가 난장판이 되어 버리겠군."

골치 아픈 상황이다.

'자격에 제한을 두었어야 했나?'

용병들에게 경매에 참여할 자격을 부여했기에 그건 불가능한 일이다.

'그럼 이번 경매에 참가할 수 있는 자격을 릴센 시티의 용병이나 전사로 한정하면 될까?'

그렇게 되면 타지에서 온 용병들이나 상인들 혹은 전사들이 문제다. 가온은 이 세상의 전사나 용병 들이 빨리 타이탄을 보유하길 바라기 때문에 굳이 그렇게 할 필요가 없었다.

그때 고심하는 가온을 보던 아그네스가 입을 열었다.

"장소라도 좀 바꾸세요. 온 훈 님의 부탁이라면 시장님이 병영을 쓰게 해 주실 거예요. 거기에는 우천 시 사용하는 실내 훈련장이 있는데 대략 200명 정도는 들어갈 거예요."

"200명이라……. 그럼 충분한 낙찰 대금을 소지한 자만 들어올 수 있도록 해야겠군."

어차피 타이탄을 구입할 수 있을 정도의 용병은 없다. 용병단 차원에서 참여할 것이니 최대로 잡아도 그 정도면 될 것이다.

아그네스의 생각도 비슷했다.

"네. 대상을 한정하지 않고 경매로 타이탄을 판다는 말만 듣고 찾아온 어중이떠중이는 모두 떼어 낼 수 있어요."

"부탁합니다."

"염려하지 마세요. 저희 여우족을 구해 주셨는데 이 정도는 해야지요."

그러고 보니 의뢰 대금으로 받은 여우족의 두 신물을 제대로 살펴보지도 못했다.

선금으로 받은 호론의 크리스털은 플라위스들이 사냥한 하피와 그리핀을 구울로 제련하느라고, 나중에 받은 나인테일은 곧바로 아니테라로 건너가느라고 확인하지 못했던 것이다.

가온은 그런 생각을 하면서 아그네스를 따라 내성으로 가서 시장을 면담했다.

자신에게 특별히 판매한 베타급 타이탄의 전투력에 매료된 시장은 가온의 부탁을 받고 곧바로 용병 길드에 사람을 보내서 경매 장소가 외성의 병영에 있는 실내 훈련장으로 변경되었음을 고지했다.

용병 길드에서는 그 사실과 함께 최소 50만 골드 이상을 소지한 자에 한해서 새로운 경매장인 병영 안으로 들어갈 수 있으며 경매에 참가할 수 있다는 내용을 알렸다.

경매에 참가하지는 못하지만 구경이라도 하려던 사람들은 당연히 반발했지만 시장의 이름으로 공표된 사실을 거역할 수는 없었다.

경매 날짜만 고지한 상태였기에 원래는 저녁 시간에 경매를 하려고 했지만 가온은 정오로 시간을 결정했다.

'그래야 기본 훈련을 시킬 수 있어!'

어차피 라이더가 익스퍼트급이기에 기본적인 기동훈련은 하루 반나절이면 된다.

아니테라에는 아직 아이테르 공용어에 능숙한 라이더가 없고 심안과 의념을 사용해서 다수를 상대로 훈련을 시킬 수 있는 인력이 없기에 가온이 직접 해야만 하는 일이다.

물론 정비 쪽은 이번에 아니테라에 합류한 휴먼족 중 몇 명을 선발해 두었다.

지금 알름 원로로부터 한창 타이탄 정비와 관련된 교육을 받고 있으니 다음 경매부터는 충분히 교관 역할을 할 수 있을 것이다.

다음 날 정오.

병영의 실내 훈련장 밖에는 경매에 참가하려는 사람들이

잔뜩 몰려서 훈련장의 문이 열리기를 기다리고 있었다. 어젯밤 늦게 시티에서 공지한 대로 최소 50만 골드의 현금이나 그에 상응하는 마정석을 소지한 이들이었다.

그때 문이 반만 열리며 한 사람이 나왔다.

"본인은 릴센 용병길드 지부장 타바입니다. 원래 이 경매를 기획한 아니테라 시티의 온 훈 경은 물론이고 릴센 시티 그리고 우리 길드에서는 이렇게 많은 분들이 경매에 참가할 거라고 예상하지 못했기에 장소 변경 등의 임시 조치가 이루어졌습니다."

"하하하! 괜찮소! 이 정도는 충분히 감수할 수 있소!"

"맞습니다! 돈도 없이 타이탄 경매에 참가하려는 이들까지 수용할 수 있는 장소는 없을 겁니다!"

풍기는 기세나 나이로 보아서 용병단장으로 짐작되는 두 사람의 말에 사람들의 얼굴에 떠오른 긴장감이 조금은 옅어졌다.

"그럼 번호표를 나눠 드리겠습니다. 차례대로 입장하시면 됩니다."

그렇게 번호표를 받고 안으로 들어간 사람들은 단상 앞에 놓인 의자에 차례대로 착석했는데 빽빽하게 채워진 의자의 숫자가 무려 300개가 넘었다.

"휘유! 어마어마하군. 릴센 시티는 물론이고 주위 시티의 대형 상단과 용병단 그리고 심지어 시티 고위층까지 모였어."

"열두 마녀 측에서 판매하는 타이탄보다 더 전투력이 높고 전용 아공간 카드와 구동원이 중급 마정석이라는 점만 고려해도 이런 인기는 당연한 거지."

"그나저나 경쟁자가 너무 많아서 낙찰을 받을 수 있을지 모르겠네."

"아무래도 가지고 온 돈이 좀 부족할 것 같은데 나중에 가격이 올라가면 협력하자고."

"좋아. 빈손으로 갈 수는 없으니까."

사람들은 그런 대화를 나누면서 경매가 시작되기를 기다렸다.

웅성거리던 것도 잠시 경매사가 단상 앞으로 나오면서 실내는 조용해졌다. 그리고 본격적인 경매가 시작되었다.

사람들은 타이탄이 1기씩 나올 때마다 어떻게든 낙찰을 받으려고 치열하게 눈치 싸움을 하면서 경매에 참여했고 경매장 안은 사람들이 내뿜는 열기로 후끈하게 달아올랐다.

경매는 가온이나 릴센 시티의 수뇌부가 예상한 것 이상으로 성황리에 끝이 났다.

임시로 경매가 열린 병영의 안쪽에는 원래 지휘부가 업무를 보는 건물이 있었는데 지금은 가온이 머무르고 있었다.

그 안에서 연공을 하며 한참 기다리자 술에 취한 듯 얼굴은 물론 드러난 피부가 붉게 변한 로레인이 흥분해서 그를 찾아왔다.

"경매는 어떻게 됐습니까?"

"후아아! 정말 어마어마한 경매였어요!"

시장이나 타바를 대신해서 이번 경매를 주관한 로레인은 거액이 오가는 경매의 뜨거운 열기가 가시지 않았는지 여전히 상기된 얼굴로 기다리던 가온에게 낙찰대금이 들어 있는 아공간 반지를 내밀었다.

"수고했습니다."

"너무 담담하신 거 아니에요? 그 안에 무려 550만 골드가 들어 있다고요."

평균 낙찰가가 무려 55만 골드였다. 중간 규모의 시티의 재정부장인 로레인도 이런 거금을 볼 수 있는 경우는 많지 않았는데 가온의 반응은 너무 담담했다.

"내 돈이 아닙니다."

"무, 물론 그렇기는 하지만. 하아! 하긴. 저도 이해해요."

시티의 재정부장이니 그녀 역시 자신의 것이 아닌 금전을 엄청나게 다룰 것이다.

"그런데 다음 경매는 언제로 계획하시나요? 이번은 경비와 수수료를 받지 않았지만 다음부터는 어느 정도 각오하셔야 할 거예요."

로레인의 말에 가온은 내심 코웃음을 쳤다. 떡 줄 사람은 생각도 하지 않고 있는데 잔뜩 흥분해서 기대하는 로레인의 행동이 우스웠던 것이다.

"다음 경매는 아직 계획에 없습니다."

일단 라치온 시티의 경매가 예정되어 있으니 반응을 보고 옮겨 다니면서 경매를 할지 계속 그곳에서 할지 결정할 것이다.

"다음에는 숫자가 좀 늘어났으면 좋겠어요. 10기 중 2기밖에 확보하지 못하다니 정말 안타까워요."

나머지 8기 중 3기는 대형 상단이, 4기는 대형 용병단이, 마지막 1기는 팔탄 시티에서 낙찰을 받았다고 했다.

"그래도 이전에 넘긴 5기를 합하면 7기입니다."

"타이탄을 최대로 확보해야 계획한 일을 진행할 수 있어서요."

몬스터 웨이브가 끝나고 외부로의 확장을 염두에 두고 대대적인 정찰을 벌인 릴센 시티는 걸어서 나흘 거리 안에 서식하는 마수와 몬스터의 절반 이상이 사라졌다는 사실을 확인했다. 그러니 이제 힘을 외부로 투사하려는 것이다.

비록 엄청난 인력이 필요하지만 현재 외성벽보다 훨씬 멀리 떨어진 곳에 세 번째 성벽을 쌓는다면 릴센 시티는 메가 시티로의 도약도 꿈꿔 볼 수 있었다.

"아! 그리고 알려 드릴 게 있어요."

"뭡니까?"

"팔탄 시티에서 오신 손님이 만나기를 청했어요."

"팔탄에서요?"

팔탄 시티는 고대 유적지로 갈 때 잠깐 들러서 아니테라의 마법사, 주술사, 결계술사 들이 현재 연구하고 있는 마법학 회지를 잔뜩 구입한 곳이다.

네르손이 떠올랐다. 직위와 어울리지 않는 소탈한 성격을 가진 마탑연합장인 그와의 만남을 통해서 차원 융합에 깊이 알게 되었고 차원 의뢰를 해결할 수 있는 단초를 얻었다.

"만나는 것이야 어려울 것이 없지요."

필경 타이탄을 원하는 것일 테지만 일단 만나 보기로 결정하고 다음 날 만나기로 약속을 잡았다.

그런데 로레인이 건설용 타이탄 얘기를 꺼냈다.

"저희 시티도 건설용 타이탄을 구입할 수 있을까요?"

"어렵지는 않습니다."

시티들이 건설용 타이탄을 구입해서 시티를 연결하는 대로를 건설하면 가온이 생각하는 차원 융합을 막는 데 어느 정도는 도움이 된다.

"1기당 100만 골드라고 들었는데 맞나요?"

"그렇습니다."

"종류당 1기씩을 구입하고 싶어요. 대금은 골드에 상응하는 마나석으로요."

지난번에 내놓은 상급과 중급 마나석이 거의 전부라고 하더니 역시 믿을 바가 못 된다. 무려 400만 골드에 해당하는 마나석을 쟁여 두고 있었던 것이다.

"좋습니다."

"그럼 교습은 어떻게 하실 건가요?"

"경매에 나온 타이탄의 경우 미리 말한 대로 오늘 오후와 내일까지 제가 직접 실시할 겁니다."

"안 그래도 타이탄을 낙찰받은 이들도 라이더를 선정해서 타이탄 훈련장에서 대기하라고 했으니 건설용 타이탄의 교습도 거기에서 하세요."

교습을 위해서 휴먼족이 교관으로 선발된 타이탄 라이더들에게 아이테르의 공용어를 가르치고 있었지만, 지금은 자신이 직접 할 수밖에 없었다.

"그럼 계약할게요. 바로 받을 수 있을까요?"

"마침 가지고 있는 것이 있습니다."

"와아! 정말 다행이네요. 시장님께서도 허락한 사안이기는 하지만 지금 바로 가서 말씀을 드려도 될까요?"

"그렇게 하십시오."

"온 훈 경은 조금 더 있다가 나가셔야 할 것 같아요. 아직 밖에 사람들이 꽤 많아요. 아쉬움 때문에 발길이 떨어지지 않는 모양이에요."

무슨 말인지 충분히 이해가 간다. 낙찰을 받지는 못했지만 충분한 돈을 가지고 있는 세력은 따로 가온을 만나 읍소라도 해 볼 작정인 것이다.

"알겠습니다. 이곳에서 기다리지요. 건설용 타이탄 기동에 대한 교습도 오늘부터 할 예정이니 말했던 대로 라이더들을 준비시켜 주십시오."

마침 병영의 훈련장이니 엄청나게 큰 외형과 무게를 가지고 있는 건설용 타이탄을 거래하기에도 적당했다.

"알겠어요."

가온은 전날 시장과 만난 자리에서 만약 건설용 타이탄을 구입할 의사가 있다면 라이더를 예정해 두라는 말과 함께 하루 반나절에 걸친 교습을 실시하겠다고 말했었다.

⁂

얼마 후 다시 돌아온 로레인을 따라서 도착한 곳은 타이탄 전사단 내에 있는 훈련장으로 외부에서는 볼 수 없도록 10미터가 넘는 높은 벽으로 둘러싸여 있었다.

다만 이 훈련장은 기존에 있던 장소가 아니라 늘어난 타이탄의 훈련을 위해 마련한 것으로 부지만 확보해서 벽으로 둘렀을 뿐 내부 공간에는 병사들이 휴식을 취하던 언덕과 연못 등이 그대로 남아 있었다.

그곳에는 미리 연락을 받은 시티 수뇌부와 타이탄을 낙찰받은 측에서 선발한 라이더들이 대기하고 있었다.

"혹시 저 언덕과 연못을 남겨 둘 생각입니까?"

"아니에요. 아직 시간이 없어서 놔두었을 뿐 곧 인부들을 동원해서 평탄화 직업을 할 생각이에요. 그런데 왜 그러세요?"

가온의 질문에 나서기 좋아하는 로레인이 대답을 했다.

"잘됐군요. 거래를 하기 전에 저 지형을 통해서 건설용 타이탄의 활용법을 보여 주도록 하겠습니다."

여우족의 경우 건설용 타이탄이 기동하는 것을 봤지만 이들은 아니다.

가온은 라이더로 선정된 이들과 시장 등 시티 수뇌부가 보는 가운데 건설용 타이탄들을 차례로 꺼낸 후 자신이 직접 탑승해서 결과물을 보여 주었다.

먼저 파쇄형 타이탄으로 연무장 한쪽에 있는 언덕 위의 나무와 바위들을 산산조각을 내 버렸고, 언덕은 드릴 타이탄으로 거대한 굴을 연속해서 뚫어 무너뜨렸으며, 포클레인 타이탄으로 언덕이 무너진 흙을 퍼서 연못을 메웠다.

마지막은 불도저 타이탄으로 파편으로 엉망이 된 바닥을 편평하게 다듬고 뒤에 장착된 거대한 롤러로 단단하게 다졌다.

그렇게 대략 1천 평방미터에 달하는 땅을 제대로 된 타이탄 훈련장을 바꾸는 데 필요한 시간은 대략 1시간 정도에 불과했다.

네 종의 타이탄은 각각 15분 정도 기동한 것이다.

그렇게 건설용 타이탄이 작업을 하는 모습을 지켜본 사람들은 자신들의 사고를 넘어선 충격으로 인해서 한동안 제대로 된 말을 할 수도 없었다.

'건설용 타이탄이 1시간 동안 한 작업은 기가스를 포함해서 인력을 동원할 경우 족히 열흘은 걸렸을 거야!'

라이더들이야 별생각이 없었지만 시티 수뇌부는 건설용 타이탄의 효용가치가 얼마나 높은지 충분히 알 수 있었다.

이런 건설용 타이탄이기에 라치온 시티와 에보른 시티 사이의 드넓은 땅에 며칠 만에 지름길이라고 할 수 있는 마차로를 건설할 수 있었던 것이다.

"드릴 타이탄의 경우 다른 용도가 있습니다. 라이더의 증폭된 마나를 받아들인 드릴이 고속으로 회전하면서 흙과 암석을 부수고 그 과정에서 방출되는 고열로 잔해물을 녹이는 방식으로 굴을 팔 수 있습니다. 광산 개발에 특화되었다고 생각하면 될 겁니다."

가온의 설명이 끝나자 시티 수뇌부는 누가 먼저라고 할 것 없이 일제히 박수를 치며 환호했다.

"이렇게 거대하면서도 활용도가 높은 타이탄이 있을 거라고는 상상도 하지 못했습니다!"

"건설용 타이탄만 있으면 우리도 라치온 시티처럼 주변에 있는 시티까지 제대로 된 길을 낼 수 있을 것 같습니다!"

"마차가 다닐 수 있는 제대로 된 길만 낼 수 있다면 우리 시티가 자랑하는 무구와 아이템 그리고 다양한 철강 제품을 다른 시티에 대량으로 판매할 수 있을 겁니다!"

시티에서 중책을 맡고 있는 이들이었던 만큼 그들은 작업을 지켜보는 것만으로도 건설용 타이탄을 어떻게 활용해야 하는지, 그리고 그 결과가 얼마나 대단할지 짐작하고 있었다.

'이 정도면 100만 골드라도 싼 거야!'

비록 알파급 타이탄과 달리 중상급 마정석을 구동원으로 하지만 상급 마정석에 비하면 훨씬 구하기 쉬우니 경비 걱정을 할 필요가 없이 활용할 수 있었다.

가온은 건설용 타이탄에 완전히 매료된 시장에게 400만 골드에 해당하는 마나석을 받고 건설용 타이탄을 넘겼다.

"건설용 타이탄의 기동과 정비는 내일 따로 시간을 내어 교습을 하겠습니다. 건설용이라고 하더라도 마나를 증폭해서 사용하기 때문에 효율적으로 활용하려면 손재주가 뛰어나며 익스퍼트 중급 이상의 실력을 갖추고 있어야 합니다. 그러니 시간이 별로 없지만 오늘 라이더를 선정하는 것이 좋을 겁니다."

"그렇게 하겠소."

아니테라 시티 덕분에 타이탄 7기는 물론 타 시티와 연결할 수 있는 길을 건설할 수 있는 건설용 타이탄 4기까지 확보한 시장의 안색은 무척 밝았다.

　라이더들에게 타이탄 기동에 관련된 교습을 마친 가온은
릴센 시티를 나와 아니테라로 건너가려고 했지만, 그때까지
교습 현장을 지켜보던 시장은 그를 보낼 생각이 없는지 저녁
식사에 초대를 했다.

　그래도 시장이 초대하는 자리이니 맛있는 음식이 많이 나
올 것 같아서 그러기로 했는데, 시장은 물론이고 동석한 시
티 수뇌부가 자꾸 다음 경매를 언급하는 바람에 입맛이 떨어
졌다.

　그래도 고객이고 모레까지 건설용 타이탄의 기동 교습을
해야 하니 매정하게 끊을 수는 없어서 시티의 사정을 알 수
없기 때문에 이 자리에서 다음 경매를 결정하는 건 적절한
것 같지 않다는 말로 부드럽게 거절했다.

　그렇게 불편한 식사를 마친 후에는 내일 만나기로 했던 팔
탄 측 인사를 만났다.

　가온은 내일 교습이 끝나는 대로 바로 떠날 생각이었고 팔
탄에서 온 사자(使者)가 빨리 만나기를 원했기 때문에 이루어
진 만남이었다.

　"반갑습니다. 아니테라 시티의 온 훈이라고 합니다."

　"팔탄 시티의 부시장인 에밀이라고 합니다. 네르손 님에
게 말씀을 많이 들었습니다."

40대 중반의 에밀은 밖으로 휘어진 콧수염과 불룩 솟은 배가 눈에 띄는 인물로, 직함과 달리 무척 온화하고 부드러운 인상을 가지고 있었다.

"일단 시티를 대표해서 타이탄 5기를 판매해 주신 것에 대해 감사를 드립니다."

"네르손 님이 저와 우리 시티가 가지고 있었던 문제에 대한 의구심을 많이 풀어 주셨습니다."

"그랬군요. 연합장답지 않게 소탈하신 분이지요."

"그렇더군요. 그런데 이런 자리를 만드신 이유를 알 수 있을까요?"

저녁을 먹으면서 경매를 계속 열어 달라는 소리를 하도 들어서 그런지 한시라도 빨리 아니테라로 건너가고 싶었다.

"건설용 타이탄이 따로 있다는 얘기를 들었습니다."

릴센 시티에서 열린 타이탄 경매 때문에 온 것으로 보이는 에밀 부시장도 어디에서 들었는지 건설용 타이탄을 노리고 있었다.

"맞습니다. 오늘 오후에 릴센에도 네 종의 건설용 타이탄을 각각 1기씩 넘겼습니다."

"가, 가격이 어떻게 되는지 알 수 있을까요?"

가온의 말에 에밀이 흥분한 얼굴로 물었다. 팔탄 시티 역시 빠르게 마차로를 건설할 필요가 있었던 것이다.

"1기당 100만 골드입니다. 참고로 거래와 동시에 교관을 파견해서 이틀에 걸쳐서 시범은 물론 기동과 정비에 관련된 교습을 해 줍니다."

"저희 시티도 구입할 수 있을까요?"

"당연하지요. 그런데 기왕이면 내일 아침에 거래를 했으면 좋겠습니다. 내일부터 릴센의 타이탄 라이더를 대상으로 교습을 하기로 했거든요. 그리고 이곳을 떠나면 당분간 이쪽으로 올 일이 없어서 팔탄 시티에 따로 방문하는 건 어려운데 이왕이면 빨리 거래를 한 후에 릴센 시티 측과 함께 교습을 받는 것이 좋지 않겠습니까?"

가온은 그렇게 말하면서 라이더의 기본적인 조건에 대해서 말해 주었다.

"일단 시장님과 통신을 해 보고 결과를 바로 알려 드리겠습니다. 라이더를 선정하고 파견하기에 너무 시간 여유가 없어서 곤란한 상황이기는 하지만 온 훈 경의 사정을 듣는다면 승낙하실 겁니다."

건설용 타이탄에 대한 얘기도 이미 널리 퍼졌는지 에밀 부시장은 바로 돌아와서 내일 정오까지 대금과 함께 선발한 라이더들이 건너오기로 했다는 대답을 해 주었다.

"그런데 골드가 아니라 마나석으로 대금을 지불해도 될까요?"

"그렇게 하십시오. 대신 판매가 기준이 아니라 구입가 기준입니다."

어차피 골드는 이 이상으로 필요할 것 같지는 않다. 그러니 마나석이나 마정석으로 받는 것이 더 낫고 마정석보다는 마나석이 더 나았다.

에밀은 팔탄에서 타이탄 경매를 열어 달라는 부탁도 했지만 그건 일단 보류했다.

지금은 일단 라치온 시티에 집중해야 한다. 라치온 쪽만 잘 풀리면 굳이 이곳저곳을 돌아다니면서 경매를 열 필요는 없었다.

"아! 생각해 보니 팔탄에서 구입하고 싶은 물건들이 좀 있는데 내일 이곳으로 오는 분들 편에 부탁을 드릴 수 있을까요?"

팔탄은 다양하고 수준 높은 매직 아이템으로 유명한 시티다. 당연히 마법진을 새기는 데 필요한 다양한 재료들을 쉽게 구할 수 있었다.

"그 정도야 당연히 해 드려야지요. 원가로 대신 구입해 드리겠습니다."

에밀의 대답에 가온은 타이탄 공방의 알름과 드워프들이 요구한 재료 목록을 보여 주었다.

"호오! 이 정도의 수량을 구하려면 원가로 따져도 400만 골드가 넘을 것 같습니다."

에밀이 놀랄 정도로 가온이 내민 리스트에 기재된 재료 아이템의 수량은 엄청났다.

특히 관절 부위에 사용할 재료는 자유로운 움직임을 위해서 트롤이나 오우거와 같은 상급 마수나 몬스터의 부산물을 정제해서 마법 처리까지 한 재료가 필요했다.

드워프들이 있으니 자체 생산할 수도 있지만 그들이 맡은 역할도 있고 자금도 충분하니 이곳에서 구입하는 것이 편리했다.

"대충 견적이 어느 정도 나올까요?"

"대략 450만 골드 정도는 될 것 같습니다. 거기에 미스릴이나 오르할콘 가루의 경우 마탑에서 거의 전량을 사용하기 때문에 시장에 나오는 양은 극히 적습니다."

이곳 릴센에서도 미스릴이나 오르할콘 가루는 가격이 문제가 아니라 소량이라도 보유하고 있는 상점이 거의 없었다. 둘 다 마나 전도율이 높은 만큼 진귀한 금속인 것이다.

"그럼 건설용 타이탄 4기에 베타급 타이탄 1기를 대금으로 지급하겠습니다."

"베타급을 말입니까?"

"그렇습니다. 기존의 동급 타이탄보다 평균 2할 정도 전투력이 높아서 릴센에서도 욕심을 내고 있는 상황입니다."

"좋습니다!"

에밀은 베타급 타이탄을 보유할 절호의 기회를 놓치지 않았다.

총 사흘에 걸친 교습이 끝났다.

어려운 일은 없었다. 정비 부분에 대한 교습이 시간을 많이 걸릴 뿐 어지간한 익스퍼트급이라면 마나를 사용하는 데 익숙하기 때문에 기본적인 기동만 되면 그 이후는 본인의 노력을 통해 숙련도를 올리면 되는 것이다.

'이제 교습 때문에 힘들 일은 없겠군.'

휴먼족에게 아이테르 차원의 공용어를 익힌 건설단 라이더와 전사단 라이더가 있어 다음 경매부터는 직접 교습이나 타이탄 기동을 가르치지 않아도 된다.

시간의 흐름이 달라서 이미 상당히 유창한 수준으로 의사소통이 가능했던 것이다.

사흘 동안 릴센 시티의 시장이나 로레인 등 수뇌부는 다음 타이탄 경매를 약속받으려고 했지만, 가온은 아니테라 측과 연락이 안 된다는 말로 거절을 했다.

물론 그렇다고 해서 릴센 측에서 어찌할 방도는 없었다. 어쨌거나 아니테라는 타이탄에 대해서는 갑 중의 갑에 해당했던 것이다.

그렇게 릴센에서의 일을 마치자 당분간 할 일이 없었다.

일단 아니테라로 건너간 가온은 이틀 동안 사랑하는 세 여인과 달콤한 시간을 보내며 휴식을 취했다.

사흘째 되는 날, 아침. 식사를 마친 가온은 아주 오랜만에 1층에서 뒹굴거리고 있었다.

"심심하네."

새벽 수련은 함께했지만 오전은 각자 다르게 시간을 보낸다.

아레오와 아나샤는 마법 학회지 연구와 타이탄 기동훈련을 위해서 마법사단으로 향했고 모둔은 매일 같은 시간에 열리는 아니테라의 집행부 회의에 참석해야만 했다.

덕분에 가온은 혼자만의 시간을 가지게 된 것인데 이상하게 늘 들르던 타이탄 제조창이나 전사단으로 가고 싶지가 않아서 집에 남은 것이다.

항상 바쁘게 살다가 갑자기 시간이 나니 뭔가 잘못된 것 같아서 이상한 기분이 들었다.

'그나저나 뭔가 빼먹은 것 같은데 뭐지?'

뭔가 해야 할 일은 잊고 있는 느낌이었다.

곰곰이 생각을 하던 가온은 두 가지 물건을 떠올릴 수 있었다.

'아! 확인을 했어야 했는데…….'

가온은 서둘러 아공간을 확인했다.

여우족의 신물들

'여우족의 나인테일과 호론의 크리스털!'

바로 아공간에서 꺼내 감정 스킬을 발동한 가온이 고개를 갸웃거렸다.

'둘 다 등급이 전설이라고?'

내용은 아예 보이지도 않았다.

이제까지 가온이 얻은 아이템 중 전설 등급은 원래는 서사 등급이었다가 진화를 통해 등급이 오른 파르와, 성장형이고 50레벨당 10배씩 커져서 지금은 공간의 크기조차 짐작하지 못하는 아공간 팔찌밖에 없었다.

두 아이템 모두 전설 등급이라는 사실을 확인한 가온은 잔뜩 기대를 하고 먼저 호론의 크리스털부터 확인했다.

'크리스털은 원래 체내에 집어넣고 자신의 것으로 만드는 연화 과정을 거쳐야 사용할 수 있지만 적합자의 경우 정수리 위에 올리고 가만히 있기만 하면 됐지.'

적합자일 경우에도 삼킨 후에 체내에서 연화를 해야 하는 지는 알 수 없지만 매일 밤 입 밖으로 꺼내 달빛을 흡수해서 키우는 것은 귀찮다.

그래도 어쨌거나 손해 볼 것은 없으니 일단 호론의 크리스 털부터 정수리 위에 올렸다.

부르르르.

미세한 진동에 이어 정수리 부위에 커다란 구멍이 열리더 니 크리스털로부터 무언가를 흡수하는 것 같은 감각이 느껴 졌다.

'이런 반응이라면 내가 적합자인 거겠지?'

크리스털의 주인이 되면 어떤 변화가 일어나는지는 여우 족도 알지 못했다. 하지만 이 정도의 반응이라면 자신이 적 합자인 것 같다는 생각이 들었다.

심안을 활성화시키자 크리스털에서 무지갯빛의 파장이 방 출되어 머리를 포함해서 몸 안에 흡수가 되는 것을 눈으로 보듯 알 수 있었다.

그런데 조금 시간이 지나자 크리스털에서는 계속해서 파 장이 방출되었지만 흡수가 되지 않았다.

'이게 내 한계인 모양이네.'

가온은 심안으로 흡수한 파장을 살펴보려고 했지만 이미 동화가 되었는지 찾을 수는 없었다. 대신 자신과 우주가 연결이 되어 있다는 자각을 할 수 있었다.

'이런 감각은 처음이네.'

그 감각은 정수리에 올라가 있는 크리스털을 치운 후에도 여전히 느낄 수 있었는데, 이전보다 자신의 몸 안은 물론 자신을 둘러싸고 있는 마나를 좀 더 자세하게 느끼고 볼 수 있었다.

'그렇다고 뭔가 특별한 능력을 얻은 것 같지는 않은데.'

능력을 얻은 것 같지는 않았지만 영약을 복용했을 때처럼 몸에 에너지가 충만한 것 같은 감각에 서둘러 상태창을 확인한 가온은 깜짝 놀랐다.

'뭐야? 크리스털에 이런 효과가 있다고?'

놀랍게도 음양기, 마력, 영력, 신성력이 각각 100만씩 증가해 있었다.

'그러고 보니 크리스털의 색깔이 약간 어두워졌어.'

아마 크리스털에 들어 있던 에너지들을 고루 흡수한 것 같은데, 아직도 에너지를 더 가지고 있는지 색깔이 약간 어두워졌을 뿐 다른 변화는 없었다.

'엄청난 것을 받아 버렸네.'

버려진 고대 유적지의 피라미드에서 얻은 것보다 더 대단한 기연이다.

'크리스털을 정수리 위에만 올리고 있었을 뿐 아무 짓도 하지 않았는데……. 대체 적합자의 기준이 뭐지?'

이런 사실을 여우족 원로들이 알았다면 배가 아파서 병이 났을 것이다.

초인이라고 할 수 있는 가온도 기연이라고 생각할 정도로 엄청난 에너지를 증가시켜 주는 아이템이라니.

잠시 후, 흥분을 가라앉힌 가온은 기이한 감각의 실체를 확인하기 위해서 스킬창을 확인했다.

'아!'

심안 스킬이 단숨에 2레벨이 올라 버렸다.

'그래서 대기 중에 있는 마나의 존재와 움직임까지 느낄 수 있었던 거구나.'

심안 스킬의 레벨이 오르긴 했지만 당장 변화를 체감할 수 있는 상황은 아니기에 일단 관심을 끊고 이번에는 나인테일에 집중했다.

물론 굳이 연화시킬 이유가 없어서 빛이 바랜 크리스털은 다시 아공간으로 집어넣었다.

'크리스털의 적합자라면 나인테일도 반응하겠지.'

다만 나인테일의 적합자를 알아보는 과정은 조금 민망했다.

'왜 나인테일을 엉덩이에 대고 있어야 하냐고!'

정확하게는 꼬리뼈 부위인데 그래도 맨살이 아닌 것이 조금 다행이다.

가온은 나인테일을 조심스럽게 꼬리뼈 부위에 가져다 댔다.

'어?'

마치 원래 자신의 꼬리였던 것처럼 착 달라붙는 느낌이 들었다.

찌르르.

나인테일이 자신의 원래 꼬리인 것 같은 감각과 더불어 뭔가 자신의 몸에 주입되는 기분이 들었다.

생경한 감각에 뒤를 돌아보니 나인테일은 보이지 않았다. 현재 나인테일이 자신의 꼬리뼈에 붙어 있는 감각이 확실하게 느껴지는데도 말이다.

'투명 아이템이구나.'

그때 아주 자연스럽게 머릿속에 나인테일의 활용법이 떠올랐다.

여우족에게 듣기론 나인테일은 여우족의 번성을 이끈 초대 조상이 남긴 신물로 소지자는 하루에 한 번 이미지로 그린 것과 동일한 환상을 펼칠 수 있으며 주술진이나 결계를 꿰뚫어 볼 수 있게 해 준다고 했는데, 진정한 주인은 1천 년 동안 나오지 않았다고 했다.

그런데 지금 자연스럽게 알게 된 나인테일은 그런 능력에 더해서 믿을 수 없는 능력을 발휘할 수 있었다.

'공간 이동 능력이라니!'

경악스럽게도 나인테일을 몸에 붙인 상태에서는 공간 이동을 할 수 있었다.

'세 단계가 있어!'

1단계는 거리와 상관없이 한 번이라도 방문했던 장소로 공간 이동을 할 수 있었고, 2단계는 가 보지 않았더라도 지도나 이미지 혹은 좌표와 같은 간접적인 정보만으로도 공간 이동을 할 수 있다.

'하아! 차원 이동이라니!'

공간 이동 능력이 3단계가 되면 무려 차원을 이동할 수 있었다.

'행성도 아니고 차원이라니!'

도저히 믿을 수가 없는 내용이었지만 저절로 알게 된 지식을 통해서 가온은 그것이 불가능한 일이 아니라는 사실도 알 수 있었다.

'3단계를 발동하면 이곳에서 차원 의뢰를 수행하면서도 볼일이 있을 때는 탄 차원에 다녀올 수 있겠네.'

각 단계에서도 숙련도가 올라가면 혼자가 아니라 다른 존재도 함께 공간 이동을 할 수 있었는데 한 번에 다섯 명이 한계인 마누의 능력과 달리 한계가 아예 없었다.

'숙련도를 올리는 조건은 횟수겠구나.'

자주 사용하면 그만큼 많은 인원을 동행해서 공간 이동을 할 수 있다는 말이다.

다만 필수적인 조건이 있었다. 1단계의 공간 이동은 영력 5만이 필요했고, 2단계는 열 배인 50만이 필요했다.

'1단계와 2단계의 공간 이동은 지금 당장도 사용할 수 있지만 3단계는 시간이 많이 필요하겠네.'

3단계의 경우 무려 500만에 이르는 영력이 필요했다. 귀환까지 고려하면 최소 1천만이 필요해서 현재의 영력 수치로는 불가능했다.

그렇게 공간 이동 능력도 대단했지만 다른 능력도 대단했다.

'상대방을 내가 이미지화시킨 환상으로 홀리게 만들 수도 있고, 심지어 그 환상으로 상대의 기억을 조작할 수도 있겠어.'

단일 대상을 상대로는 1천의 영력이, 그리고 대상이 늘어날수록 두 배수의 영력이 필요했다. 예컨대 두 명은 2천, 세 명은 4천, 네 명은 8천의 영력이 필요했다.

그래도 사안에 따라서 소모되는 영력 대비 훨씬 더 대단한 결과를 만들어 낼 수 있었다.

마지막 능력은 몸은 물론 착용한 옷과 아이템까지 눈은 물론 렌즈로부터 보이지 않게 해 주는 것이었다.

'은신 스킬과 비슷하네.'

그보다는 투명화 스킬에 가까웠는데 영력 소모가 만만치

않았다. 초당 100의 영력을 소모해야만 했기 때문이다. 5분 정도 사용하려면 3만의 영력이 필요했다.

물론 영력 소모를 줄일 수 있는 방법이 하나 있었다. 바로 능력을 자주 사용해서 숙련도를 높이는 것이었다. 다만 공간 이동 능력의 경우에는 해당 사항이 없었다.

'레벨을 올리려면 오직 끝없는 반복밖에 없군.'

그렇게 나인테일의 활용법을 알게 된 가온은 눈에는 보이지 않지만 자신의 것으로 느껴지는 나인테일을 잡아서 떼어 내었다.

여우족에게는 신으로 추앙받는 초대 선조의 꼬리라고 하더니 정말 대단했다.

'아주 좋은 것을 얻었네.'

이렇게 되면 여우족이 너무 고맙다. 갓상점에도 이와 비슷한 공간 이동 스킬들이 있기는 하지만 수천만에서 수억에 달하는 명예 포인트를 요구했었다.

나인테일을 챙긴 가온은 아까 뭔가 몸에 흡수되는 것 같은 감각을 기억하고 혹시나 싶어서 상태창을 확인했다.

"매력?"

놀랍게도 새로운 스텟이 생성되어 있었다.

전투력과 관계가 없는 스텟이라 큰 관심은 가지 않았지만 이제까지 상태창에 없었던 새로운 스텟인데, 무려 1천이나 되었다.

매력은 나인테일의 장착 여부와 상관없이 적합자에게 주어지는 선물인 것 같았다.

스킬창을 확인해 보니 역시 변화가 없었다. 아이템에 귀속된 능력이기 때문에 등록 자체가 되지 않는 것이다.

'본신이 영력이 필요하다고 했는데 괜히 내가 쓴 거 아닌지 모르겠네.'

자신이야 마족 던전을 공략하면 꽤 많은 영력을 얻을 수 있지만 지구에 있는 본신이 영력을 확보할 수 있는 수단은 갓상점에 접속해서 영석을 사는 방법밖에 없었다.

그때 갑자기 머릿속에 한 가지 가능성이 떠올라 스치고 지나갔다.

'적합자의 기준이 육체가 아니라 영혼이라면 가능성이 있어!'

확인을 해 봐야 알겠지만 본신 역시 두 아이템의 적합자일 가능성은 충분했다.

가온은 본신에게 의념으로 자신의 생각을 전했다. 지금은 별개의 존재처럼 연결을 최소한으로 한 상태라서 이렇게 의념을 보내야만 했다.

'제발 성공했으면 좋겠다!'

가온은 간절한 마음을 담아서 영혼의 아공간에 크리스털과 나인테일을 집어넣었다.

가온이 아이테르 차원에 있는 분신이 보낸 의념을 받은 것은 잠시 잠을 자려던 시간이었다.

'호오! 이런 아이템도 있었구나. 영력을 수십만 단위로 얻을 가능성이 있는 아이템이란 말이지.'

분신이 의뢰의 대가로 여우족에게 받은 크리스털을 영혼의 아공간에서 꺼낸 가온은 간절한 마음으로 크리스털을 자신의 정수리 위에 올렸다.

부르르.

미세하게 진동하는 크리스털의 감각과 함께 정수리에 작은 구멍이 생기더니 빠르게 커지는 생경한 느낌에 가온이 주먹을 불끈 쥐었다.

'됐어!'

분신이 알려 준 적합자의 반응이 맞는 것 같았다.

정수리의 구멍이 완전히 생성되자 크리스털이 무언가를 방출하기 시작했고 정체를 알 수 없는 그 무언가가 머릿속으로 들어오기 시작했다.

맑고 서늘한 그것은 마치 뇌를 씻어 내듯 청량하게 만들어 주었고 새로운 감각을 느끼게 해 주었다.

얼마 후 정수리 부위에 열렸던 구멍이 다시 오므라들어 닫혔다.

'정말 영력을 얻은 걸까?'

일단 광택이 확연하게 죽은 크리스털을 영혼의 아공간에 집어넣은 가온은 한 번도 느껴 보지 못했던 충만감에 잠시 취했지만 금방 정신을 차리고 상태창을 확인했다.

'미쳤다!'

음양기, 마력 그리고 영력 모두 100만씩 증가했다.

가온은 너무 기뻐 벌떡 일어나서 덩실덩실 춤을 추었다.

지금 자신이 보유한 에너지는 분신과는 감히 비교할 수 없을 정도로 적었기에 그만큼 더 엄청난 선물이었다.

분신도 자신도 크리스털로부터 엄청난 선물을 받았다. 크리스털은 가온과 분신을 별개의 존재로 인식했기에 이런 놀라운 결과가 나온 것이다.

'이런 능력이라니!'

타인의 정신을, 환상을 통해서 교란, 조작, 조종할 수 있는 능력이나 은신 능력도 정말 대단했지만 가온을 홀린 건 바로 공간 이동 능력이었다.

'됐어!'

안 그래도 중국에서 발생한 던전의 처리가 너무 궁금했는데 좋은 수단이 생긴 것이다.

100만이라는 엄청난 영력을 얻었으니 나인테일의 2단계 공간 이동을 사용할 수 있었다. 출입국 관리소에 흔적을 남기지 않고 중국에 다녀올 수 있었다.

마침 내일은 주말이라 마음 편하게 움직일 수 있었다.

가온은 혹시 몰라서 인터넷으로 구매한 보호장비를 착용하고 이마에는 헤드랜턴과 헤드캠을 달았다.

랫맨 던전

'정말 되네!'

가온은 영상에서 봤던 익숙한 장소에 도착했다는 사실에 새삼 나인테일을 이용한 공간 이동 능력이 얼마나 대단한 것인지 깨달을 수 있었다.

그가 도착한 장소는 광시성 구이린[계림(桂林)]시를 흐르는 리강의 강변으로 한국과의 시차가 1시간이라서 이곳 역시 밤이었고 강에서는 자욱한 안개가 피어오르고 있었다.

'이크!'

상류에 비가 왔는지 넘실거리며 거세게 흐르는 리강의 누런 강물을 쳐다보던 가온은 순찰을 도는 것으로 보이는 공안들을 발견하고 황급하게 나인테일의 은신 능력을 사용했다.

얼마 후 가온이 있는 장소에 도착한 공안 두 명은 완전무장을 한 상태로 주위를 매서운 눈으로 살피고 있었는데, 은신 정도가 아니라 투명해진 상태라서 눈으로 보고 있음에도 5미터 거리에 서 있는 그를 전혀 알아차리지 못했다.

'은신 능력도 통하는구나!'

새삼 나인테일이 얼마나 대단한 아이템인지 인식할 수 있었다.

사람의 눈은 물론 렌즈와 같은 물체로도 자신을 숨길 수 있다는 사실을 깨달은 가온은 빠르게 움직이면서 주위를 살펴보았다.

랫맨의 흔적은 이미 사라졌지만 동영상이 조작된 것이 아니었다. 일반인의 통행이 금지되고 무장한 공안들이 돌아다니는 것만으로도 랫맨이 이곳에 출현했다는 사실은 확실하게 알 수 있었다.

'그나저나 영상에서는 대교 쪽과 가까운 곳에서 랫맨이 나타났는데.'

구이린시를 관통하는 리강에는 미국의 금문교를 모방한 다리가 있었는데 인터넷을 찾아보니 여택교라는 이름이었다.

강에 안개가 짙게 피어오른 상태라 리강을 가로지르는 여택교는 보이지 않았지만 영상을 참고해서 움직이자 얼마 후에는 흐릿한 다리의 형상을 발견할 수 있었다.

'이쯤인데.'

강변을 걷고 있던 커플 중 남자가 애인을 동영상 모드로 찍다가 우연히 랫맨이 나타난 부분부터 촬영했다고 알려졌기에 처음 랫맨이 나타난 장소와 가까운 곳에 던전으로 통하는 길이 있을 것이다.

'물속만 아니면 좋겠다.'

랫맨이 수생 마수는 아닐 테니 크게 걱정하지는 않지만 혹시라도 물속이면 골치가 아프다.

가온은 영상에서 처음 랫맨이 등장한 곳으로 추정되는 장소 인근을 샅샅이 훑었지만 딱히 눈에 띄는 곳은 없었다.

'리강과 연결되는 하수도로 생각했는데 아닌가?'

아무래도 이런 식으로 던전을 찾는 건 어려울 것 같았다.

한참 고민을 하던 가온은 결국 앙헬을 불러냈다.

-주인님, 어? 투명화를 하신 건가요?

노출이 즐기는지 남심을 자극하는 모습으로 모습을 드러낸 앙헬을 본 가온은 다시 피가 끓어오르는 것을 억지로 참아야만 했다.

자신을 쳐다보는 앙헬의 눈이 꿈속에서보다 더 뜨겁게 빛나고 있었기 때문이다.

'투명화 스킬은 익히지 않았어. 아이템에 깃든 능력이야. 그런데 앙헬도 사람들의 눈에 띄지 않는 거지?'

-당연하죠. 인간의 눈은 물론 그 어떤 광학기기로도 제

모습을 볼 수 없어요. 현재 주인님도 마찬가지고요.

그럼 생각했던 대로 단순한 은신 능력이 아니라 투명화 능력에 가까운 것 같았다.

'다행이네. 부탁이 있어서 불렀어.'

—뭐든 말씀만 하세요.

'이 근처에서 랫맨이 출현했어.'

가온은 다른 사람들과 달리 동영상이 조작이 아니라는 사실을 확신하고 있었다. 물론 방송 관계자들도 그 사실을 확인했기에 방송을 했겠지만 말이다.

—호오! 지구에도 던전이 등장한 거군요.

'맞아, 방치하면 던전이 기하급수적으로 증가하고 결국 더 높은 등급의 던전들이 나타나겠지.'

—빨리 찾아볼게요. 분명히 근처에 있을 거예요.

앙헬이 안개 속으로 사라진 후 다시 강변을 둘러보던 가온은 금방 이상한 점을 발견할 수 있었다.

'무장한 공안들밖에 안 보이네.'

늦은 시간이기는 하지만 고층 아파트들이 들어선 강변은 물론 강변을 따라 이어지는 도로에도 사람은 물론 차도 보이지 않았다.

아마 전염병 사태처럼 이 근처를 완전히 봉쇄해 버린 모양이다.

도로 쪽을 살펴보던 가온은 곳곳에 배치된 공안들을 발견할 수 있었다. 강변으로 통하는 모든 길에는 폴리스라인을 알리는 테이프가 연결되어 있어 랫맨이 목격된 장소를 기준으로 리강을 따라 적어도 5킬로미터 구간이 모두 통제되고 있음을 알 수 있었다.

심지어 곳곳에 전차까지 배치되어 있어 이번 사태를 중국 정부가 어떻게 받아들이고 있는지를 알려 주었다.

'중국 당국에서도 아직 사태가 끝난 게 아니라고 생각하는 모양이군.'

자연스럽게 그런 결론을 냈을 때 앙헬의 의념이 전해졌다.

ㅡ주인님, 찾았어요!

'어디야?'

ㅡ그곳에서 하류로 8킬로미터 정도 내려오시면 돼요.

생각보다 많이 떨어져 있었지만 철월보신경으로는 금방이다. 그곳에 도착하자 앙헬이 가온을 맞이했다.

ㅡ이곳이에요! 랫맨의 체취와 흔적이 아직도 남아 있어요.

그곳은 하수처리장에서 정화된 하수가 리강과 연결된 배관이었는데, 지금은 강물이 꽤 불어난 상태라 관의 입구가 절반 이상이 물에 잠겨 있었다.

'이곳을 통해 나와서 사람들이 많은 상류 쪽으로 헤엄쳐서 이동한 거구나.'

이쪽이나 하류 쪽은 개발이 되지 않아서 그런지 원래 인적이 드물어 보였다. 그런 생각을 하고 있을 때 앙헬이 의념을 보내왔다.

　－제가 먼저 들어가서 던전의 유무를 확인해 볼게요.

'그래. 부탁할게.'

　가온의 의념을 들은 앙헬이 화사한 미소를 머금고 직경이 1.5미터는 될 것 같은 거대한 배관의 입구로 사라졌다.

　가온은 그때부터 투구에 장착한 셀프 캠을 켰다. 혹시 몰라서 모든 과정을 녹화하려는 것이다.

　앙헬이 의념을 보내올 때까지 기다려도 되지만 가온은 저 안쪽에 던전이 있다는 사실을 거의 확신했기에 주저하지 않고 안으로 들어갔다.

　물론 그 전에 잠깐 자신의 장비부터 점검했다. 투구까지 세트인 오우거 가죽 재질의 방어구는 랫맨의 손톱이나 이빨 정도는 문제없이 막아 낼 수 있었고 고급 등급이기는 했지만 마나 전도율이 높은 강철 검을 들고 있으니 무척 든든했다.

　이미 어나더 문두스를 통해서 수많은 마수와 몬스터를 사냥했기에 특별히 불안하거나 긴장이 되지도 않았다.

'아니. 오히려 더 설레.'

　현실에서 마수와 몬스터를 사냥할 날이 근미래에 올 거라고 생각은 했지만 이렇게 빨리 도래할 줄은 몰랐다. 분신의 몸으로는 숱하게 마수와 몬스터를 사냥했지만 본신으로는 처음이었기에 무척 기대가 되었다.

　대형 관의 안쪽은 캄캄해서 랜턴을 켰다. 밤이기도 하지만 조명이 없었기 때문이다.

차박차박.

배관 안에는 물이 무릎 바로 아래까지 차 있어서 빠르게 걷기는 힘들었다. 가온은 천천히 걸으며 헬멧에 착용한 헤드랜턴의 조명을 활용해서 관의 내부를 꼼꼼하게 살펴봤다.

역시 앙헬의 말대로 랫맨이 남긴 흔적이 있었다.

'손톱의 위력이 저 정도라면 꽤 많은 피해를 입었겠네.'

놈들 중 몇 마리가 장난 삼아서 손톱으로 긁은 것 같은 흔적이었는데 콘크리트 관이었음에도 제법 깊게 남아 있었다.

그 밖에도 내부의 균열이나 홈에는 길고 억센 회색 털들이 곳곳에 박혀 있어 랫맨이 이곳을 통해서 바깥으로 나갔음을 알려 주었다.

그때 앙헬의 의념이 전해졌다.

-주인님!

'찾았어?'

-네. 주인님의 현재 위치에서 500미터 정도 떨어져 있어요.

'금방 갈게.'

가온은 철월보신경을 이용해서 물의 표면을 가볍게 차면서 빠르게 이동했다.

순식간에 앙헬이 기다리고 있는 곳에 도착하자 부서진 관의 옆면에 게이트임을 알려 주는 파동막이 눈에 들어왔다.

'들어가자.'

─네, 주인님.

게이트를 넘어가는 느낌은 분신의 몸으로 기존에 공략했던 던전의 경우와 비슷했다.

'역시 던전 내부는 바깥과 비슷하네.'

던전 안쪽은 오래전에 사용하던 하수도로 짐작되는 굴이었는데, 하수처리장에서 정화된 물이 흐르는 바깥과 달리 물의 흐름이 끊겨서 그런지 악취가 진동하는 시커먼 물이 무릎 아래까지 차 있었고 온갖 것들이 곳곳에 쌓여 있었다.

가온은 자신도 모르게 인상을 찡그렸다. 악취가 너무 심했다.

'이럴 때는 파르가 있는 분신이 부럽네.'

원하는 형태로 변할 수 있으며 약간의 자아를 가지고 있는 파르를 입고 있었다면 지금과 같은 상황에서는 악취를 정화할 수 있는 장치를 만들어서 악취를 차단해 줄 것이다.

─주인님, 악취를 참기 힘들면 마나로 후각을 통제하세요.

'후각을 통제한다고?'

─네. 마나로 비강 전체를 두껍게 도포한다고 생각하시면 돼요.

비강은 콧구멍에서 목젖의 윗부분에 해당하는 빈 공간으로, 냄새 입자를 인지하는 후각세포가 분포하는 곳이며 공기 중에 섞여 있는 이물질을 제거하고 들이마시는 공기를 따뜻하게 만드는 작용을 한다.

앙헬의 말대로 마나로 비강을 도포하듯 퍼트리자 한순간 악취가 더욱 강렬해지는가 싶더니 이내 악취가 약해지더니 나중에는 아무런 냄새도 맡을 수 없었다.

'마나를 이런 식으로 운용해서 특정 감각을 활성화하거나 억제할 수 있는 거구나.'

적당량의 마나는 감각세포를 활성화하지만 그 이상이 되면 오히려 세포의 활동이 억제되는 것이다.

'고마워, 앙헬.'

새로운 마나 운용을 깨닫자 앞으로 마나를 어떻게 운용해야 할지 알 것 같았다.

─도움이 되었다니 제가 더 기뻐요!

색정적인 모습을 하고 있는 앙헬이 수줍어하자 지금보다 더 강한 매력이 느껴졌다.

자연스럽게 손을 잡은 가온과 앙헬은 꿈에서 원색적인 사랑을 나눌 때와 비슷한 감정을 느낄 수 있었다.

그때였다.

철벅철벅!

고여 있는 물을 거칠게 헤치며 걷는 소리가 좋은 분위기를 깼다.

─랫맨이에요. 10마리나 되니 제가 놈들의 감각을 약화시킬게요.

가온이 손에 쥔 검에 힘을 줄 때 앙헬이 이제 막 모습을 드러낸 랫맨들을 향해 손을 쫙 펼쳤다.

옆쪽으로 이어진 하수관에서 나타난 것으로 보이는 랫맨은 체고는 대략 1.3미터에 이족보행을 하는 마수였는데 영락없는 쥐의 얼굴과 꼬리를 가지고 있었다.

몸은 억세 보이는 긴 잿빛 털로 덮여 있었고 주둥이 밖으로 삐져나온 날카로운 이빨과 한눈에도 오염된 물질로 가득 찬 길고 날카로운 손톱이 아주 인상적이었다.

놈들은 가온이 이마에 착용하고 있는 헤드랜턴의 불빛에 자극을 받은 것 같았다.

물론 가온은 놈들이 자신을 발견하고 공격하기를 기다리지 않았다.

열심히 활동을 하면서도 모둔과 아레오 그리고 아나샤와 행복한 시간을 보내던 분신과 달리 아니테라의 황무지에 수련에 매진하면서 익힌 검술을 펼쳐 보일 절호의 기회였다.

철월보신경을 펼친 가온의 몸은 랫맨들을 향해 화살처럼 날아갔지만 앙헬로 인해서 감각이 약화된 놈들은 그의 접근을 전혀 알아차리지 못했다.

다양한 기본 스킬을 망라한 철월보신경은 정상적인 상태의 랫맨이라고 해도 그 움직임을 눈으로 쫓기가 힘들 정도로 빨랐고 아직까지 그는 투명화 능력을 사용하고 있어 쇄도하는 그의 움직임을 전혀 감지하지 못한 것이다.

파바바밧!

가온의 검은 몸놀림처럼 빠르고 현란하게 움직이며 랫맨의 목을 자르고 미간과 심장 부위를 찔렀는데, 앙헬로 인해 감각이 무뎌지고 몸놀림까지 굼뜬 랫맨들은 비명조차 지르지 못했다.

가온의 몸이 멈추자 뒤늦게 랫맨들이 오염된 물 위로 쓰러졌다.

가장 마지막에 쓰러진 랫맨은 다른 놈들보다 머리 하나는 더 컸는데, 가늘고 긴 꼬챙이를 들고 있어 계급이 높은 개체로 보였지만 별다른 반응을 하지 못했다.

'화기(火氣)의 위력이 대단하네.'

검에 화기를 주입해서 미간을 뚫을 경우 순식간에 뇌가 타 버렸고 심장 역시 마찬가지다. 게다가 절단된 부위가 순간적으로 타 버려서 피조차 흘러나오지 않았다.

세 경우 모두 비명은 물론 피조차 새어 나오지 않아서 가까이 있는 랫맨 무리의 주의를 전혀 끌지 않았다.

ㅡ정면과 양측에 대략 50미터 떨어진 곳에 비슷한 숫자의 랫맨 무리가 있어요.

앙헬의 의념에 가온은 가슴을 쓸어내렸다. 화기를 사용하길 잘한 것이다.

그 정도 거리라면 동료의 비명을 듣고 순식간에 달려올 것이다. 10마리라면 몰라도 30마리가 추가된다면 움직일 공간도 부족해서 눈먼 공격을 허용할 가능성도 있었다.

'분신이 마나탄을 주력으로 사용하는 이유가 있네.'

40마리라고 해서 처리하지 못할 이유는 없었다. 명색이 익스퍼트가 아닌가. 검기로 썰어 버리면 된다.

하지만 그건 효율적인 방법이 아니다. 최소한의 힘으로 상대를 처리해야만 혹시 모르는 상황에 대비할 수 있었다.

앙헬이 먼저 움직이며 랫맨의 위치를 확인하면 가온은 투명화 능력을 적절하게 사용하면서 철월보신경과 검술을 펼쳐 사냥을 하기 시작했다.

본신으로서는 처음 실전을 치르는 것이기에 익힌 철월검술 등 스킬을 제대로 펼치는 데 주력했는데 상대가 너무 약하다는 기분이 들 정도로 쉽게 처리할 수 있었다.

그렇게 빠른 속도는 아니었지만 차근차근 랫맨들을 정리하다 보니 자신감이 상승하면서 사냥 속도가 빨라졌다. 그리고 마침내 그의 눈앞에 보스룸이 나타났다.

'아직도 차원석의 에너지를 흡수하는 모양이네.'

일반적인 상태라면 조금 다르겠지만 던전 브레이크가 발생해도 보스는 쉽게 던전 밖으로 나오지 않는다.

진화라고 부를 정도로 강한 힘을 주는 차원석을 떠나지 않다가 한계에 이르면 던전 밖으로 나오는 것이다.

가온은 사방에서 오수가 모이는 커다란 사각형의 공간으로 진입했다. 그리고 중앙에 불룩 솟아 있는 지름 5미터 내

외의 원형의 대 위에 앉아 있는 랫맨 보스를 발견했다.

'보스는 보스네.'

일반 랫맨과 달리 체고가 2미터에 이르는 보스는 오크만 큼이나 잘 발달한 근육을 가지고 있었는데 긴 꼬리의 끝은 칼날처럼 날카로웠다.

찌익!

이제까지 만난 랫맨들은 앙헬이 감각을 약화시킨 상태에서 투명화 능력을 발휘한 가온의 접근을 전혀 알아차리지 못했지만 보스라서 그런지 코를 킁킁거리더니 정확하게 가온이 있는 위치로 새빨간 눈을 고정했다.

가온은 투명화 능력을 해제했다. 이미 상대가 눈치를 챘으니 굳이 영력을 소모하는 투명화 상태를 유지할 필요가 없었다.

찍!

피어까지는 아니지만 날카로운 울음으로 가온에 대한 적의를 표출한 보스가 도약을 준비했는데 길게 자란 손톱이 마기가 주입되었는지 검붉은 오러가 살짝 일렁였다.

'호오! 랫맨이 검기 바로 아래 단계까지 만들어 내다니 대단하네.'

제대로 된 검기는 아니지만 어지간한 마수나 몬스터에게는 충분히 통할 정도였다.

이 정도 마수를 상대하면서 검기를 상대할 필요는 없었다.

강철 검에 마나를 주입해서 검의 강도와 절삭력을 높인 가온은 상대가 덮치기를 기다리지 않고 놈을 향해 도약했다.

거리는 대략 7미터였지만 철월보신경 스킬을 펼친 상태라서 순식간에 거리가 좁아졌다.

찌익!

랫맨 보스는 상대가 먼저 공격을 해 온 것에 분노한 듯 짧게 울더니 가온을 향해 도약했다.

공중에서 놈과 조우하기 직전에 움직이기 시작한 가온의 검이 일순 수십 개로 늘어났다. 바람 속성의 음양기를 사용하여 철월 검술의 위력을 극대화시킨 것이다.

진체는 하나이고 나머지는 잔상이었지만 마나가 담겨 있었기에 잔상마저 굉장한 위력을 가지고 있어 랫맨 보스는 진체를 전혀 알아차리지 못했다.

사악!

랫맨 보스가 있던 자리를 통과해서 놈이 방금 전까지 있었던 원형의 대 위에 착지한 가온은 가볍게 손목을 움직여 검에 붙은 검붉은 피를 털어 버렸다.

뒤를 돌아보자 머리와 사지가 잘린 랫맨 보스의 사체가 피와 함께 아래의 오염된 물로 떨어지고 있었다.

'너무 과하게 손을 썼네.'

사실 본신 입장에서 보면 막 익스퍼트 실력에 오른 것으로 보이는 보스급 마수를 상대하는 것이기에 원래는 좀 더 시간을 끌면서 자신의 기량을 확인하려고 했지만 장소가 장소이다 보니 그리고 싶은 생각이 없어져서 최선을 다한 것이다.

지금은 어나더 문두스의 플레이어가 아니라서 그런지 던전 공략을 알리는 안내음이나 홀로그램과 같은 현상은 없었다.

물론 가온은 그런 것에는 별 관심이 없었다. 방금 전 산산조각이 난 랫맨 보스가 앉아 있던 자리에 차원석이 있었기 때문이다.

가온이 막 차원석을 쥐려는 순간 앙헬이 의념을 보내왔다.

-주인님, 잠깐만요.

'왜?'

-마정석을 수거하려고요.

'아!'

생각해 보니 검기를 생성할 정도의 능력을 가진 보스라면 꽤 등급이 높은 마정석을 가지고 있을 것 같았다.

'설마 여기까지 오는 동안에도 마정석을 챙겼어?'

그가 랫맨을 처리하고 나면 앙헬이 사체 주위를 한 바퀴 돌았던 장면이 떠올랐다.

-당연하죠. 등급은 낮아도 마정석은 챙겨야죠.

'하하하. 앙헬이 살림꾼이었네. 곧 부자가 되겠어.'

본신으로서는 첫 던전 공략이었고 마수를 상대하는 것도 처음이었기에 마정석을 챙겨야 한다는 사실을 까맣게 잊고 있었는데, 앙헬이 알아서 챙겼으니 기꺼울 수밖에 없었다.

─뭘요. 제 모든 것이 주인님 것인데요.

말도 참 예쁘게 한다고 생각했을 때 앙헬이 탄성을 질렀다.

─어멋! 보상이 나왔어요!

앙헬이 시커먼 오수 안에서 두 가지를 챙겨서 날아왔는데 하나는 중상급에 해당하는 마정석이었고, 다른 하나는 기이하게 생긴 단검 열 자루였다.

앙헬이 전해 준 단검을 살펴본 가온은 이것이 랫맨 보스의 손톱과 비슷하다는 사실을 깨달았다.

'투척용으로 사용하면 되겠네.'

무게중심이 앞쪽에 있어서 단검술보다는 투척용으로 더 유용할 것 같다는 생각을 하면서 마나를 주입하니 고급 등급의 강철 검보다 빠르고 균일하게 검신을 채웠고 이내 오러가 일렁이며 검기가 생성되었다.

'나중에 감정 스킬을 익혀야겠다.'

그래야 아이템을 제대로 사용할 수 있을 것 같았다.

별개의 존재로 인정되어 적용되지 않는 칭호나 특성과 달리 스킬은 육체는 물론 영혼에 각인되어 있기 때문에 언제라도 익힐 수 있었다.

─주인님, 수고하셨어요.

'앙헬이 도와준 덕분이야.'

랫맨 보스가 앉아 있던 곳에서 찾아낸 차원석을 아공간에 집어넣자 던전이 붕괴되기 시작했다. 물론 바로 붕괴되는 것은 아니고 이 정도 등급이면 반나절 정도는 걸릴 것이다.

아무튼 본신으로서는 첫 도전에 클리어를 한 것이니 기쁠 수밖에 없었다.

앙헬과 이런저런 얘기를 나누며 무너지고 있는 던전을 나왔지만 내심 기대했던 일은 발생하지 않았다.

'어느 정도 예상은 했지만 역시 보상이 없네.'

이 정도면 칭호나 특성 혹은 스킬과 아이템 중 하나는 나올 거라고 생각했는데 아무것도 나오지 않았다.

그래도 상태창을 확인하니 레벨이 20이나 올랐다. 물론 플레이어가 아니라서 스텟에 투자할 수 있는 포인트는 부여되지 않았지만, 스텟들이 자동으로 골고루 올라서 아쉬움을 조금은 달랠 수 있었다.

'파워 드레인 스킬도 익혀야겠어.'

현실에서 마수나 몬스터를 상대할 생각만 했지 놈들의 사체에서 마나를 흡수할 생각은 하지 못해서 익히지 않았다.

그런데 상태창의 마지막을 확인한 가온의 얼굴에 미소가 떠올랐다.

'명예 포인트다!'

생각하지도 않았는데 30만이나 되는 명예 포인트를 얻은 것이다. 장소가 어디든 던전을 클리어하면 얻을 수 있었다.

'현실에서도 던전을 클리어하면 칭호나 특성 그리고 아이템까지 얻을 수 있어!'

플레이어가 아니라서 획득하지 못한 것들도 있었지만 그래도 공간 이동 능력과 투명화 능력을 사용하는 데 소모된 영력을 투자할 가치는 충분했다.

게이트를 나온 가온은 굳이 밖으로 나가지 않고 그 자리에서 공간 이동 능력을 사용해서 집으로 귀환했다.

다음 날 세계에서 가장 큰 규모의 동영상 플랫폼에 한 영상이 올라왔다.

'지구에 등장한 최초의 던전!'

워낙 어나더 문두스를 플레이하는 사람이 많아서 그런지 제목에 이끌려 영상은 시간이 갈수록 기하급수적인 조회 수를 갱신했다.

동영상의 첫 부분은 얼마 전 중국의 유명한 동영상 플랫폼에 잠깐 올라왔던 영상이었다.

한국은 물론 전 세계의 미디어가 강한 충격을 받고 뉴스로 다루었지만 곧 조작된 영상이라는 이유로 사과를 해야 했던 그 영상이었다.

그 영상이 끝났을 때 얼굴도 드러내지 않았고 변조가 된 내레이터의 목소리가 나왔다.

"방송에서는 조작된 영상이라고 했지만 저는 어나더 문두스를 플레이하는 한 사람으로서 랫맨의 모습이나 놈들이 사람들을 공격하는 모습이 너무 현실적이고 생생해서 사실일 가능성이 높다고 생각했습니다. 그리고 만약 이게 사실이라면 과연 랫맨은 어디에서 나타난 것일까 하는 의문이 들었습니다."

내레이터는 귀에 쏙쏙 들어오는 차분한 목소리로 어나더 문두스와 같은 가상현실 게임을 잘 모르는 사람들을 위해서 랫맨이라는 마수에 대해서 설명을 했다.

"어나더 문두스의 설정에서 따르면 이런 마수는 던전이라고 하는 장소에서 나옵니다. 던전은 다른 차원 혹은 다른 세상의 일정한 공간이 지구와 연결된 장소입니다. 이런 현상을 흔히 차원 침식 혹은 차원 융합이라고 합니다. 그런 던전을 방치하면 그 안에서 서식하던 마수나 몬스터가 한꺼번에 쏟아져 나오지요."

내레이터는 그런 이유로 자신이 아는 어나더 문두스의 하이랭커이면서 현실에서도 검의 고수인 분과 동행해서 이전의 영상에서 나온 중국 광시성 구이린시의 리강 강변으로 향했다고 말했다.

그와 함께 무장한 공안들이 삼엄한 분위기에서 순찰을 하고 있는 모습과 통제가 된 도로와 강변 그리고 전차까지 배치된 영상이 나왔다.

"이건 우리가 들었던 것과는 전혀 다른 분위기였습니다.

모과TV에 올라온 영상이 조작이 아니라 실제 상황이었다는 강력한 증거였습니다. 그래서 우리는 조심스럽게 영상에 나왔던 장소를 중심으로 넓게 조사를 했습니다. 그 결과 랫맨들이 나온 것으로 의심이 되는 대형 관을 리강과 연결된 강변에서 찾을 수 있었습니다."

그 멘트와 함께 리강과 연결된 대형 관의 영상이 나왔고 영상은 곧 관의 안쪽으로 향했다.

헤드랜턴의 빛을 통해 관의 상태를 확인할 수 있었는데 내레이터는 이곳을 지난 랫맨들이 남긴 것으로 여겨지는 흔적들을 설명하면서 던전이 존재한다는 사실을 확신하는 멘트를 했다.

드디어 나타난 던전의 입구. 이른바 게이트라고 불리는, 파동으로 이루어진 반투명한 막은 헤드랜턴의 옆에 부착된 카메라의 렌즈에도 충분히 잡혔다.

"정말 던전이군요! 충격적입니다!"

동영상을 촬영한 사람도 큰 충격을 받았는지 잠시 영상이 크게 흔들렸고 잠시 후에야 다시 영상이 깨끗해졌다.

"지구의 다른 장소에도 이미 나타났을 수 있는 던전이지만 세상에 처음으로 공개가 되는 던전입니다. 서식하는 마수는 랫맨으로 짐작되지만 여러 종의 마수와 몬스터가 서식하는 던전도 있으니 아직은 확신할 수 없습니다."

그렇게 게이트를 넘어간 이후부터 영상은 빠르게 돌아갔

다. 랫맨 10마리와 조우를 하고 놈들이 미처 비명도 지르지 못할 정도로 빠르고 현란하게 움직이는 검의 궤적이 아주 압권이었다.

이후 10마리로 이루어진 무리를 차례로 처리하고 마침내 도착한 보스룸.

다시 내레이터가 입을 열었다.

"이곳이 바로 던전의 보스가 있는 보스룸입니다. 보통 던전의 보스를 처리하고 던전을 유지하는 에너지의 근원인 차원석을 제거하면 던전이 소멸됩니다. 안으로 들어가 보겠습니다."

내레이션과 함께 보스룸 안쪽의 정경이 눈에 들어왔는데 중앙에 있는 원형의 대 위에 랫맨 보스가 앉아 있었다.

"랫맨의 보스입니다. 일반 랫맨보다 훨씬 크고 근육도 잘 발달된 것이 아주 강한 마수로 보입니다. 거기에 손톱의 상태를 보니 검기까지는 아니지만 마나를 사용할 수 있는 위협적인 등급입니다."

그리고 서로 상대를 향해 도약을 하는 모습과 잔상이 남을 정도로 빠르고 현란하게 움직이는 검날에 의해 머리와 사지가 잘려 버린 보스의 모습이 느린 속도로 재생되었다.

순식간에 벌어진 전투 끝에 랫맨 보스 대신 검의 고수가 원형의 대 위에 착지하자 카메라의 렌즈가 차원석을 포착했다.

"저것이 바로 차원석입니다. 이것을 부수거나 던전 밖으로 가지고 나가면 이 던전이 천천히 소멸됩니다. 어나더 문두스의 설정이 맞는다면 완전히 소멸이 되거나 일정 시간 후에 다시 생성이 되는데 후자의 경우 반복해서 소멸을 시켜야 합니다. 현실에도 던전이 존재하고 차원석까지 보았으니 이건 기념으로 우리가 챙기도록 하겠습니다."

내레이터의 말이 끝나자 검의 고수가 차원석을 자리에서 뽑아서 챙겼고 그 직후 던전의 곳곳이 무너질 것처럼 흔들리며 먼지가 떨어졌다.

"이것으로 공식적으로는 지구에 처음 나타난 던전을 클리어했습니다. 어나더 문두스에서 마법사로 플레이하는 지인의 말에 따르면 대형 마탑의 마탑주가 이렇게 말했다고 합니다. 던전은 차원 융합 혹은 차원 침식의 대표적인 현상으로 몰라서 혹은 관리한다는 이유로 던전을 방치하면 던전이 해당 차원의 에너지를 끌어들여서 다른 던전들을 생성한다고 말입니다. 저는 그 말을 믿습니다. 어나더 문두스의 무대인 탄 차원만 해도 쓸모가 없거나 위험하다는 이유로 방치된 던전의 숫자가 날이 갈수록 늘어났다고 들었습니다. 아무튼 이것으로 지구 최초의 던전 공략을 마치겠습니다."

그렇게 내레이션이 끝나는가 싶더니 잠시 후 새로운 영상이 나왔다.

"아! 이 던전에서 얻은 전리품과 보상입니다. 하급 마정석

33개와 중하급 마정석 18개, 그리고 중상급 마정석 1개입니다. 어나더 문두스의 플레이어가 아니라서 상태창이 없어서 레벨업과 같은 현상은 없지만 저희가 초빙한 검술의 고수께서 하신 말씀에 따르면 최근 지구에 기의 양이 폭증했다고 합니다. 기가 뭐냐고요? 저희는 기(氣)를 동양에서 오래전부터 내려온 신비한 에너지로 어나더 문두스에서 말하는 마나와 같은 에너지라고 생각하고 있습니다. 오래전부터 기를 수련하는 분들은 많았지만 일반인들이 인정할 정도로 기를 사용할 수 있는 분들은 거의 없었다고 하는데, 몇 년 전부터 기의 양이 폭발적으로 늘어났다고 합니다. 이 던전을 공략한 검의 고수께서는 공략 내내 기로 육체적 능력을 강화했을 뿐 아니라 검에도 기를 주입해서 강도와 절삭력을 올렸다고 말씀하셨습니다. 그럼 다음에 출현할 던전을 공략할 때 다시 영상을 올리겠습니다."

그렇게 동영상이 끝났다.

동영상의 반응은 폭발적이었다. 하루 만에 무려 10억 뷰를 기록한 것이다. 현실에 처음 나타난 던전을 공략한 영상은 그만큼 사람들의 이목을 집중시켰다.

파문

세상이 발칵 뒤집혔다. 세계의 미디어들은 다투어 이 동영상을 보도했으며 사람들은 패닉에 빠졌다.

당장 회사에 출근한 헤븐힐 일행만 해도 반응이 엄청났다.

"형, 그거 봤죠? 중국에 출현한 던전의 공략 영상요."

"대박! 어쩐지 이상했어요. 일전에 조작이었다고 했던 그 영상이 사실이었어. 그렇게 생생한 영상이 조작일 리가 없지요. 그런데 지구에 던전이 나타났으면 대체 미래는 어떻게 되는 걸까요?"

"차원 침식이 시작된 것이 틀림없어. 설마 우리 지구도 탄 차원처럼 되는 건 아니겠지?"

"그건 아닐 거예요. 탄 차원만 해도 던전이 출현한 것이 굉장히 오래전이라고 했으니까요. 차원 침식은 처음에는 아주 천천히 진행되다가 일정 시점부터 폭발적으로 진행된다고 들은 것 같아요."

업무를 시작하기 전 공장에 있는 가온의 사무실에 들른 세 사람은 랫맨 던전과 관련된 동영상에 푹 빠져 있었다.

최근 동영상 플랫폼에서 가장 인기가 있는 장르는 바로 어나더 문두스의 플레이 영상이다.

그만큼 많은 사람이 어나더 문두스를 즐기고 있어서 마수나 몬스터에 특화된 사냥 영상이나 던전 공략 영상이 인기를 끄는 것이다.

영상이 높은 조회 수를 기록하면 일반인은 상상도 할 수 없을 정도의 돈을 벌 수 있을 뿐 아니라 크게 인지도를 높일 수 있어서 세계 각국의 인플루언서들은 물론이고 연예인과 저명한 인사까지 다투어 어나더 문두스를 플레이하는 영상을 올리고 있었다.

그런데 이번에 풀린 동영상은 가상현실 게임의 플레이 영상이 아니라 현실에서 실제로 촬영한 영상이니 세상이 뒤집어지지 않을 수 없었다.

가온의 정체에 대한 말도 나왔다.

"현실에서도 그런 검술을 구사할 수 있는 고수가 있다니 정말 신기해요. 가죽 재질이지만 어나더 문두스의 플레이들이 즐겨 입는 방어구 차림에 하수구의 악취 때문인지는 몰라도 헬멧까지 쓰고 있어서 외모는 드러나지 않은 것이 너무 안타까워요."

"나는 검술도 그렇지만 마나, 아니 기를 사용할 수 있다는 사실이 더 놀라워. 마지막에 보스를 상대할 때 무려 7미터를 날았잖아. 그것도 보스를 처치하면서."

"내레이터는 그냥 검술의 고수라고 했지만 검술의 수준을 보면 초랭커 중 하나가 틀림없어."

가온은 세 사람의 말을 통해서 현재 여론을 어느 정도 파악할 수 있었다.

'사람들이 차원 융합의 증거인 던전의 출현을 인정하고 엄청나게 흥분하는 한편 불안해하고 있어.'

벼리에게 부탁해서 편집한 동영상을 올린 가온의 의도가 적중했다.

아직 동영상이 조작되었다고 주장하는 이들이 없는 것은 아니지만 어나더 문두스를 플레이해 본 사람들은 동영상이 조작되지 않았음을 확신했다.

결국 지구에도 던전이 출현한 것이다. 그리고 마나로 음성을 약간 변조한 가온이 내레이션을 통해서 던전이 차원 침식 혹은 차원 융합이라고 부르는 거대한 변화의 증거임을 알렸다.

이건 각국 정부들이 아주 오랫동안 숨겨 왔던 외계인이나 미확인비행물체의 존재가 공개된 것이나 다름없는 엄청난 사건이다.

　이제 세이뷰어 컴퍼니의 공동 출자자인 강대국들이 어떤
식으로든 입장을 밝혀야 할 것이다. 그렇지 않으면 혼란은
가중되어 법과 질서가 무너질 정도로 악화될 수도 있었다.

　'아마 초랭커의 존재를 공개하겠지.'

　이미 준비를 하고 있다고 밝히지 않으면 세상의 혼란은 쉽
게 가라앉지 않을 것이다.

　실제로 강대국들은 예지몽에서도 초랭커들이 지구에 나타
난 던전을 공략하는 동영상을 통해 그 사실을 알렸고 혼란은
빠르게 사그라들었다. 그래도 이미 동시접속자만 수억 명에
달하는 어나더 문두스를 통해서 간접 경험을 했기에 충격이
완화된 결과였다.

　'예지몽에서는 오히려 던전이 등장한 것을 반가워하는 자
들도 많았지.'

　지구의 천연자원을 일부 국가나 기업이 독점하고 있는 상
황을 타개할 수 있다고 여긴 것이다.

　그들은 마수와 몬스터 들이 몸 안에 품고 있는 마정석에서
청정 에너지를 뽑아내기만 하면 전 지구적으로 진행되는 각
종 오염의 피해를 막을 수 있다고 주장했고 대중에게 제대로
먹혔다.

　그래서 던전은 보물창고 취급을 받았고 각국 정부는 관리
라는 이유로 재생성을 하는 던전 출입을 통제했다.

'그 결과 꽤 먼 미래에는 던전의 숫자가 기하급수적으로 늘어나고 등급이 높은 던전들이 나타났지.'

그래도 자신이 꾼 예지몽의 끝부분까지 지구가 멸망하지는 않았다.

차원 융합의 영향으로 이전까지는 극히 희박했던 마나의 양이 증가했고 출처는 알 수 없었지만 연공법이나 검술과 같은 비전이 경매와 같은 방식으로 대중에게 풀려서 이른바 헌터들이 급증했기 때문이다.

예지몽 속에서는 어나더 문두스의 인기가 식기는커녕 더욱 폭발했다. 향후 지구에도 출현할 것이 분명한 던전은 물론 마수와 몬스터에 대한 정보를 파악하고 제대로 공략할 수 있는 방법이 그곳에 있었다.

지구에 던전이 출현한 이후, 어나더 문두스는 훌륭한 모의 훈련 장소였다.

더구나 기존의 기축통화인 달러화, 유로화 등이 변동성이 큰 것과 달리 탄 차원의 골드 화폐는 게임 전용 코인임에도 불구하고 변동성이 적어서 순식간에 가장 중요한 기축통화로 자리를 잡았다.

'차원 융합 현상을 세상에 일찍 공개한 건 잘한 거야.'

지금 당장은 혼란스러울 수밖에 없지만 어차피 벌어질 일이라면 빨리 겪는 것이 낫다고 생각해서 벌인 일이다.

그때 이미 흥분이 좀 가라앉았는지 바로가 다른 얘기를 꺼냈다.

"그런데 동영상에 등장한 검술의 고수가 한국인이 맞을까요?"

"사람들이 다들 궁금해하던데 내레이터가 한국어를 사용했으니 그렇지 않을까?"

"그렇기는 한데 중국 쪽 반응은 달라요. 그쪽 일대는 공안이 쫙 깔려서 통제를 하고 있었고, 그때 조작되었다고 발표한 동영상이 떴을 때부터 구이린시는 물론 공항까지 폐쇄되었으니 한국인은 물론이고 외지의 중국인도 구이린시로 들어갈 수 없는 상황임을 근거로 중국인일 거라고 하더라고요."

"어느 나라 사람이면 어때? 중국 공안이 놓친 던전을 제대로 공략했으면 됐지."

헤븐힐이 바로와 매디의 대화에 끼어들었지만 바로는 고개를 저었다.

"나라의 자부심 때문이 아니에요. 저런 강자가 있다면 그 나라는 던전 출현으로 인한 피해를 최소화할 수 있다는 뜻이잖아요."

"하긴 우리나라에 저런 고수가 있으면 든든하기는 하겠다."

"맞아요. 혼자 랫맨 수백 마리를 처치할 정도면 낮은 수준의 던전은 물론이고 혹시 인적이 없는 장소에서 생성된 던전을 통해서 나올 수도 있는 마수와 몬스터는 쉽게 처리할 수 있을 거예요."

그렇게 동영상의 공개로 인한 혼란은 던전을 혼자 공략한 인물에 대한 추측으로 이어졌다.

가온의 생각대로 세이뷰어 컴퍼니에 출자한 16개국 수뇌들은 동영상의 존재를 인지한 즉시 비밀 화상 회의를 가졌다.

안건은 지구에 던전이 출현했다는 사실의 공개 여부였다.

일부 국가는 국민들의 혼란과 동요를 고려해서 이전처럼 조작으로 처리하자고 주장했지만, 열 개 이상의 국가는 숨기려고 해도 숨길 수 없으니 차라리 이참에 공개를 하고 지금까지 준비해 온 내용을 공개하기를 원했다.

공개를 주장하는 쪽이 훨씬 더 많았지만 이른바 세이뷰어 위원회는 다수결이 아니라 만장일치로 안건을 처리하기에 시간이 흘러도 의견은 정해지지 않았다.

통제와 억압이 강한 국가의 경우 사회적 혼란과 국민의 동요를 그만큼 더 위협적으로 받아들이고 있는 것이다.

결국 위원회 간사는 옵저버로 회의에 참석한 정체불명의 인물에게 중재를 부탁했다.

"우리는 이전에도 그랬듯 여러분에게 그 어떤 것도 강요하지 않습니다. 다만 결정을 내리기 전에 고려할 점이 있습니다."

위원들은 흐릿한 형상이지만 흰 수염이 풍성한 노인의 외모를 가지고 있는 옵저버의 말에 집중했다.

"그동안 여러분의 도움으로 지구의 다양한 지식을 섭렵하면서 우리는 이른바 동양에서는 프라나 혹은 기라고 부르는 에너지에 대한 지식이, 그리고 서양에서는 초능력과 마법 혹은 주술이라고 부르는 힘에 대한 지식이 전승되어 왔음을 알 수 있었습니다."

옵저버의 말에 일부 위원은 뿌듯한 얼굴로 고개를 끄덕였다.

"하지만 안타깝게도 프라나 혹은 기를 축적해서 사용했다는 증거나 초능력, 마법 그리고 주술을 실제로 사용한다는 이 역시 확인할 수 없었습니다. 그동안 지구에는 그런 에너지가 희박했던 탓이겠지요. 그런데 이번에 공개된 영상을 통해서 적어도 기를 활용할 수 있는 인물이 지구에도 존재한다는 사실을 알 수 있었습니다."

맞다. 동영상의 내레이터는 말미에 분명히 기라는 단어를 언급했고 설명까지 했다. 그리고 예전에는 양이 너무 적어서 제대로 활용할 수 없었다는 사실까지 말이다.

"우리가 르테인이라고 부르는 초월적인 에너지가 지구에는 극히 희박함에도 불구하고 극소수의 수련자들이 아주 오래전부터 사용해 왔다는 건 지구인의 잠재적인 능력이 아주 대단하다는 겁니다. 아무튼 그런 사실을 생각하면 여러분이 파악하지 못한 능력자가 얼마나 많을지 감히 추측할 수 없습니다. 아마 초능력이나 주술을 수련하는 이도 분명히 있을 겁니다. 그런 이들은 차원 융합으로 인해 비약적으로 늘어난 르테인을 사용해서 여러분이 양성하고 있는 능력자를 넘어서는 전투력을 보여 줄 거라고 생각합니다."

사실 세이뷰터 위원회에서 천문학적인 자금을 들여서 양성하고 있는 초랭커 대다수는 마수나 몬스터를 상대할 능력을 갖추지 못했다.

이제 겨우 캡슐에 내장된 르테인을 체내에 축적하기 시작한 정도에 불과했다.

"그런 능력자들이 얼마나 되는지는 알 수 없지만 그들의 존재는 여러분이 양성하고 있는 능력자들이 차원 침식을 막아 낼 수 있을 때까지 시간적인 여유를 만들어 줄 수 있습니다. 그러니 숨어 있는 지구의 능력자들을 찾아내는 것이 현시점에서 가장 중요합니다."

옵저버의 말에 아무 말 없이 경청하던 사람들이 고개를 끄덕였다. 그들 역시 동영상을 보고 가장 먼저 한 생각이었기 때문이다.

"차원 융합이 시작되었다는 사실을 인정하는 문제에 대해서는 딱히 조언할 말이 없습니다. 우리는 궁극적으로 우리 차원에 닥친 위기를 타개하기 위해서 여러분을 돕고 있는 것일 뿐입니다. 그래도 굳이 조언하라면 사회적 혼란을 감수하더라도 공개를 하는 편이 오히려 사태를 수습하는 데 도움이 될 거라고 생각합니다. 여러분이 지구에 당면한 위기를 해결하기 위해서 우리의 제안을 받아들여 이미 준비를 하고 있었잖아요. 그 사실을 같이 공개하면 혼란을 어느 정도 수습할 수 있을 것 같습니다. 그리고 어쩌면 숨어 있던 지구의 능력자들이 혼란에 빠진 사람들을 구하기 위해서 모습을 드러낼 수도 있고요."

옵저버의 말은 그것으로 끝이었지만 그때부터 회의 분위기는 빠르게 전환되었다.

다음 날, 신문, 뉴스 등 세계 유수의 미디어들은 일제히 세이뷰어 위원회 명의로 차원 융합 현상을 인정하는 내용을 발표했다.

그 소식은 마치 이제까지 공식적으로 인정하지 않고 있던 외계인이 지구를 침공한다는 내용과 다를 바가 없기 때문에 사람들은 패닉에 빠졌지만 의외로 충격은 크지 않았고 혼란 역시 빠르게 진정되고 있었다.

이미 세이뷰어 위원회에 속한 강대국들이 이 사태를 예견하고 대비를 해 왔다는 사실이 사람들을 안심시킨 것이다.

"그러니까 이미 차원이 융합되고 있다는 사실을 인지하고 16개의 국가들이 세이뷰어 위원회를 조직해서 천문학적인 자금을 투자해서 대응을 해 왔다는 거지?"

"세이뷰어 컴퍼니가 출시한 가상현실 게임의 무대가 이미 차원 융합이 진행되고 있는 탄 차원이고 그곳에서 던전에서 나온 마수와 몬스터 들을 사냥하는 간접적인 경험을 할 수 있도록 했다는 거네."

의외로 다른 차원이 실제로 존재한다는 사실도 빠르게 받아들였다. 장르소설이나 영화 혹은 드라마를 통해 비슷한 내용을 접한 젊은이들이 가장 빨리 받아들인 것이다.

"던전에서 나온 마수와 몬스터는 지구의 주력 무기인 화약 기반의 무기가 잘 통하지 않는 생체보호막을 가지고 있어 마나를 주입한 냉병기를 이용해서 사냥해야 한다는 내용도 맞겠지?"

"대체 세이뷰어 위원회는 이런 사실을 어떻게 알고 대비를 한 거지?"

"아무튼 안심이야. 아직 불안감이 다 가신 것은 아니지만 그래도 강대국들이 하나로 모여서 대비를 하고 있었잖아. 그나저나 초랭커들은 그 랫맨들을 썰어 버린 검술의 고수처럼 현실에서도 마나를 사용할 수 있을까?"

"한창 수련 중이라잖아. 그래서 그들이 충분한 역량을 갖출 때까지는 그 동영상에 나온 고수와 같은 이들이 나서 달라고 위원회가 공개적으로 부탁을 했고."

"그런데 한국, 정말 대단해. 그 작은 나라에서 어떻게 매번 세계적인 능력을 가진 인재들이 나오는 거지?"

"중국에서는 그 고수가 중국인이라고 주장한다고 하던데. 심지어 화산파라는 문파는 그 고수가 화산파에 전승되어 온 검술을 사용했다고 주장했대."

"내레이터가 분명히 한국말을 했는데 무슨 중국! 일본도 그 고수가 일본인이라고 주장한다더라. 이참에 누군지 제대로 공개가 되었으면 좋겠다."

사람들의 관심은 이제 차원 융합보다는 차원 융합을 막을 수 있는, 이른바 영웅으로 쏠리고 있었다.

다들 랫맨 던전을 공략한 검사의 정체를 궁금해했지만 아쉽게도 그는 명리(名利)에는 관심이 없는지 더 이상 모습을 드러내지 않았다.

그런 상황에서 사람들에게 익숙한 '포션'이라는 단어가 붙은 한 건강 음료가 대한민국에서 불티나게 팔리기 시작했다.

변화의 바람

세이틀 시티. 대륙 동남부의 메가시티로 상주인구만 무려 100만이 넘는 이곳은 다른 이름으로도 불린다.

바이올렛의 마녀.

세이틀 마탑의 마법사들이 보라색 로브를 입기에 붙여진 별명이다.

타이탄을 생산, 판매하는 열두 개의 시티 중 하나로 마탑이 시티의 권력까지 장악한 세이틀 시티는 타이탄 관련 부품을 생산해서 납품하는 수많은 공방들은 물론 수준이 뛰어난 마법 아카데미들로 인해서 각지에서 인재들이 몰려들었다.

그렇게 다양한 분야의 인재들로 인해서 세이틀 시티는 날로 번성하고 있었고 시티는 풍부한 재정을 바탕으로 광대한 지역에서 위세를 떨치고 있었다.

밤늦은 시각, 시티 청사의 최상층에 위치한 회의실에는 비상 회의가 열리고 있었다.

그런데 한 명을 빼고는 모두가 보라색 로브와 모자를 착용한 마법사들이었다. 마탑이 시티의 권력을 완벽하게 장악했다는 증거였다.

"정보국장, 새로이 타이탄을 판매하는 세력이 나타났다는 말이 사실인가?"

질문한 사람은 상석에 앉은 중년 마법사였는데 희한한 것이 얼굴은 주름 하나 없이 팽팽했는데 눈빛은 무저갱처럼 깊었고 머리카락의 절반은 윤기가 흐르는 금발이었지만 나머지 절반은 푸석푸석한 회색이었다.

"그렇습니다, 탑주님. 아니테라라는 시티가 알펜 시티와 릴센에서 알파급 타이탄 10기씩을 경매로 판매했다는 정보가 들어왔습니다."

"제대로 된 타이탄이 확실한가?"

"아닐 겁니다. 제대로 된 타이탄이라면 굳이 경매로 팔 이유가 없지요."

재무 국장과 이 자리에서 유일한 전사인 타이탄 전사단장은 의구심과 부정적인 생각을 드러냈다.

하지만 탑주는 생각이 다른지 무척 심각한 얼굴로 다시 입을 열었다.

"불완전하거나 하자가 있는 물건을 경매에 내놓는다고? 알펜 시티와 릴센 시티가 미쳤나?"

차분하고 낮은 목소리였지만 탑주의 말에 참석한 다른 이들의 한심하다는 감정이 짙게 실린 눈길이 쏟아지자 재무국장과 전사단장의 고개가 아래로 내려갔다.

"판매된 타이탄에 대한 정보는?"

"타이탄은 아직 입수하지 못했지만 대외적으로 알려진 사실은 있습니다. 전투력, 방어력, 출력 등 모든 면에서 저희 것보다 평균 15% 이상 높습니다."

"이제까지 이름조차 알려지지 않았던 작은 시티가 그런 물건을 만들어 내다니 대단하긴 하지만 그 정도면 우리도 업그레이드를 통해서 충분히 극복할 수 있습니다!"

타이탄 국장이 자신만만한 얼굴로 말했다.

"그, 그런데 특이한 부분이 있습니다."

다시 사람들의 시선이 정보국장에게 쏠렸다.

"아니테라의 타이탄은 상급이 아니라 중급 마정석이 구동원입니다."

"무슨!"

도저히 믿을 수 없는 말에 누군가의 입에서 욕설이 터져 나왔다. 다들 흥분해서 얼굴이 벌겋게 달아올라 정보국장에게 진위 확인을 하려고 했을 탑주가 다시 입을 열었다.

"그런데도 우리 것보다 15%나 더 높은 전력을 발휘한다는 거지?"

"네, 탑주님."

너무나 충격적인 내용에 좌중은 잠시 조용해졌다.

"그 밖에는?"

"타이탄 전용 아공간 카드가 있다고 합니다."

"……."

이번에는 한동안 회의실에 무거운 침묵이 내려앉았다.

'이건 사실이다!'

정보국장은 확실한 정보가 아니면 발설하는 인물이 아닐 뿐더러 이제야 왜 탑주가 비상회의를 소집했는지 알 수 있었기 때문이다.

아공간 전용 아이템은 열두 마녀도 연구만 하고 있을 뿐 아직 시제품조차 나오지 않은 상태였다.

"이 소식이 빠르게 퍼지면서 우리 판매 권역의 시티들이 난리가 났습니다. 게다가 아니테라 측은 경매 자격에 제한을 없앴습니다."

"그게 무슨 소리인가?"

"시티뿐 아니라 상단과 용병단까지 낙찰받을 수 있도록 했습니다. 실제로 알펜 시티에서 열린 경매에서는 용병단 네 곳이 타이탄을 낙찰받았고 얼마 후에 발생한 릴센 시티의 몬스터 웨이브에서 크게 활약했다고 합니다. 릴센 시티에서 열린 경매에서도 10기 중 8기가 용병단과 상단에 돌아갔고요."

"용병이나 상인도 타이탄을 구입할 수 있다고? 미친 작자들이 아닌가!"

"하아. 언급한 두 부분은 우리도 오랫동안 연구를 해 왔던 것인데 이름조차 들어 보지 못한 생소한 시티가 먼저 개발해서 시판에 들어갔다는 거군. 다들 이게 믿어지나?"

전사단장과 타이탄 공방을 맡고 있는 부탑주는 그렇게 황당한 마음을 드러냈지만 이 정보를 공개한 정보국장의 정보 수집 능력은 이 자리에 있는 모든 이가 믿을 수밖에 없었다.

"내가 보고받은 정보가 사실이라면 시티들이 환장을 할 수밖에 없겠군. 정보국장, 평균 낙찰가가 얼마라고 했지?"

"알펜에서는 50만 골드이고 릴센에서는 55만 골드입니다."

사고의 범주를 아득하게 초월한 금액에 참석자들의 입이 떡 벌어졌다. 자신들이 판매하는 가격의 세 배나 되는 것이다.

하지만 경악했던 것도 잠시 하나둘 고개를 끄덕였다. 지금까지 들은 제원에 경매 방식으로 판매를 했다면 그 정도 가격이라고 해도 비싼 편이 아니라는 생각이 들었기 때문이다.

"오늘 회의를 소집한 것은 아니테라에서 판매하기 시작한 타이탄에 대한 문제를 어떻게 처리할 것인지 의논하고 싶어서네. 다들 어떻게 생각하나?"

"그거야 이제껏 해 온 대로……."

"그 전에 잠시 더 드릴 말씀이 있습니다."

전사단장이 순간적으로 살기를 내뿜으며 말을 하는데 정

보국장이 재빨리 끼어들었다.

"아니테라 시티의 타이탄 전력이 만만치가 않습니다. 일단 베타급 21기와 알파급 50기를 동원했다는 정보가 있습니다. 그런데 그 전력이 알펜 시티에 특사로 파견된 인물이 지휘하는 것이고, 다른 특사들이 여러 곳으로 파견되었다고 했습니다."

"어떻게 그런……."

단편적인 정보만으로도 아니테라 시티가 얼마나 강력한 타이탄 전력을 보유하고 있는지 짐작할 수 있기에 타이탄 전사단장은 망연자실할 수밖에 없었다.

"그리고 릴센의 수뇌 중 한 명이 알려 온 정보에 따르면 온 훈이라고 하는 아니테라의 특사는 소드마스터 실력자라고 했습니다."

소드마스터가 언급되자 타이탄 전사단장의 얼굴에는 강한 흥미와 호기심이 떠올렸지만 이내 세이틀 시티에 소드마스터는 자신을 포함해서 세 명밖에 안 된다는 사실과 아니테라의 특사가 여러 명이라는 정보국장의 말을 떠올리고 깜짝 놀랐다.

'설마 특사들이 모두 소드마스터는 아니겠지? 아닐 거야!'

전사단장은 격하게 고개를 저었다.

"게다가 알펜과 릴센에서는 각각 10기만 경매에 올렸지만 다음 경매가 열릴 라치온 시티에서는 50기가 나온답니다."

"그 정도의 생산 능력이 있다고? 재고 아닌가?"

"재고일 가능성이 아주 높지요. 하지만 라치온 다음으로 경매가 열릴 예정인 에보른 시티에는 무려 100기가 나온다고 합니다."

"……."

정보국장의 말이 이어지자 참석자들은 한동안 말을 꺼내지 못했다.

그도 그럴 것이 현재 세이틀 시티의 타이탄 생산 능력은 연 600기 정도였다. 즉, 월로 따지면 고작 50기를 생산할 수 있으니 아니테라에서 쏟아 내는 물량에 충격을 받지 않을 수 없었다.

물론 생산량에 남들에게 알릴 수 없는 제약이 걸려 있는 상황이지만, 그럼에도 불구하고 지금 언급된 타이탄의 숫자가 총 170기에 달하기 때문에 놀랄 수밖에 없었다.

"으음. 한마디로 어지간한 규모로 무력 시위를 해 봐야 꿈쩍도 안 할 상대라는 것이군."

"나름 신뢰성이 높은 자들로부터 나온 정보이기 때문에 전 그렇게 판단하고 있습니다. 아! 온 훈이라는 자가 타이탄 전사단을 동원해서 오우거 50여 마리를 이끄는 주술사를 척살해서 릴센 시티에서 발생한 몬스터 웨이브를 초기에 막았다는 정보도 있었습니다."

정보국장의 설명에 탑주는 물론 다른 참석자들은 타이탄

전사단을 동원한 위협이나 습격과 같은 대책은 포기할 수밖에 없었다.

베타급 타이탄 몇 기로는 오우거를 감당하지 못한다는 것이 정설이다. 오우거 킹이나 주술사의 경우 베타급 타이탄으로 10기 이상이 있어야 상대를 할 수 있었다.

오너 네일을 사용할 수 있는 오우거는 소드마스터는 되어야 상대를 할 수 있을 정도로 강력한 몬스터다. 그런 오우거 50마리를 베타급 20기와 알파급 50기로 사냥할 수 있을 리가 없었다.

합리적으로 생각하면 베타급으로 적어도 50기는 동원했을 것이다. 알파급이야 당연히 100기 이상 동원했을 것이고.

결국 무력으로 상대를 짓밟으려면 압도적인 전력을 동원해야 하는데 그건 불가능했다. 상대가 타이탄에 탑승하지 않은 상태에서 기습한다면 모르겠지만 타이탄을 동원하면 소문이 안 날 수가 없었다.

베타급 타이탄 때문이다. 알파급과 달리 베타급을 수납할 수 있는 아공간 아이템은 1년에 채 10개도 나오지 않기 때문에 세이틀 마탑도 겨우 50개 정도만 보유하고 있었다.

"그렇다면 일단 상황을 파악한 후에 여의치 않으면 유화책을 써야겠군."

"유화책요?"

"무력으로는 우리가 오히려 밀리거나 붙게 되면 엄청난 피해를 입을 가능성도 무시할 수 없으니 돈, 여자, 아이템 등 쓸 수 있는 모든 수단을 써서 상대와 친분을 만들고 종국에는 우리가 가지지 못한 기술 정보를 넘겨받아야지."

"옳은 말씀입니다! 다른 마탑들이 입수하기 전에 우리가 관련 기술을 확보해야 합니다!"

"제 생각에도 무력을 동원해 위협을 하거나 굴복시키는 것은 불가능할 것 같습니다. 무엇보다 아니테라 시티에 대한 정보가 너무 부족합니다. 저들의 전력도 모르는 상태에서 특사라는 자를 섣불리 처리하는 것은 너무 위험합니다!"

회의 참석자들은 대부분 탑주의 의견에 적극 동의했다. 정보국장에게 들은 정보만으로도 상대가 만만치 않다는 것을 느낄 수 있었기 때문이다.

하지만 생각이 다른 이도 있었다.

"탑주님, 전 이제까지 이름조차 알려지지 않은 시티가 그렇게 대단한 타이탄 전력을 보유하고 있을 것이라고 생각하지 않습니다. 틀림없이 정보에 오류가 있을 겁니다!"

타이탄 전사단장이 그렇게 말하니 일부는 그럴 수도 있다는 생각이 들었다. 그 정도로 대단한 전력을 갖춘 시티가 이제까지 전혀 알려지지 않았다는 사실이 너무 이상했기 때문이다.

하지만 정보국장은 전사단장의 말에 자존심이 상했는지 얼굴이 시뻘겋게 달아올랐다.

"단장님, 저희 정보국의 능력을 의심하시는 겁니까?"

"말이 안 되잖아! 국장의 말이 맞는다면 우리 시티와 비교해도 뒤지지 않는 타이탄 전력이라고. 그런 대단한 전력을 갖춘 시티가 이제까지 아무에게도 알려지지 않은 것이 정상이냐고!"

"쉽게 받아들일 수 없는 정보이기는 하지만 교차 검증까지 마친 정보입니다!"

"그거야 그쪽……."

"그만!"

타이탄 전사단장과 정보국장은 핏대까지 세우며 얼굴을 붉히고 싸우다가 탑주의 노성에 입을 다물었다.

"부탑주가 전사단장과 정보국장을 데리고 라치온으로 직접 가서 확인하시오! 어차피 아니테라에서 개발한 타이탄에 대해서 확인 작업은 해야지. 직접 가서 타이탄의 제원도 직접 확인하고 현장에서 상황을 파악한 후 어떻게 행동할지 결정하도록 하시오!"

"그럼 타이탄은 얼마나?"

별말 없이 명령을 받아들인 부탑주와 정보국장과 달리 타이탄 전사단장은 자신이 직접 새로운 종류의 타이탄을 확인할 수 있게 되어 기대가 된다는 얼굴로 그렇게 물었다.

"베타급 50기와 알파급 100기의 반출을 허락하지. 물론 아공간 주머니까지."

열두 마녀 중 한 곳답게 세이틀 마탑은 베타급 타이탄을 보관할 수 있는 최상급 아공간 아이템을 보유하고 있었다.

"그럼 메를렌 영애를 모시고 가겠습니다."

정보국장의 말에 탑주는 눈썹을 꿈틀거리자 잠시 고민을 하다가 결국 고개를 끄덕였다.

"대화 상대가 하는 말의 진위를 확인할 수 있는 능력을 가진 메를렌이라면 아니테라 시티의 실태를 파악하는 데 큰 도움이 되긴 하겠지. 안 그래도 답답하다고 난리였는데 차라리 잘된 것일지도 모르겠군. 그런데 그 아이의 정체를 조금이라도 노출시키면 안 되는 거 알고 있지?"

"당연히 알고 있습니다."

"좋아. 만약 여의치 않으면 타이탄만 구해 오도록 해. 자금은 넉넉히 줄 테니까."

"해체가 가능할까요?"

"해 봐야지. 일단 부탑주 일행이 귀환하면 다시 회의를 열도록 하지."

그렇게 자리를 정리하고 혼자 남은 탑주의 눈빛이 야릇해졌다.

'아니테라에 상술이 아주 뛰어난 인물이 있군. 돈만 있으면 누구든 타이탄을 보유할 수 있다는 사실이 알려지면 당연히 난리가 날 것이고 수많은 구매자가 경매에 뛰어들겠지. 게다가 우리 것보다 압도적으로 제원이 뛰어나니.'

아니테라 시티는 대체 어떤 곳이기에 그렇게 효율이 뛰어난 타이탄과 전용 아공간 아이템을 개발할 수 있었을까?

탑주는 자신이 맡은 일이 없다면 지금 당장이라도 온 훈이라는 자를 만나 보고 싶었다.

"잘하면 콰드라스 카르도의 통제에서 벗어날 수 있겠어. 드디어 힘의 균형이 깨지는 건가? 하긴 너무 오래 고여 있었지! 온 훈이라는 전사가 우리 메를렌의 시험을 통과했으면 좋겠군."

시티의 수뇌들과 달리 변수를 오히려 반가워하는 것 같은 탑주의 혼잣말이 회의실에 오래 남았다.

───※───

가온은 새로운 경매를 위해서 아이테르 차원으로 건너가기 전에 마지막으로 타이탄 공방과 전사단 그리고 마법사단을 차례로 방문하기로 했다.

먼저 타이탄 공방에 들러서 팔탄 시티를 통해서 구입한 엄청난 양의 재료 아이템을 내놓고 그동안 생산된 타이탄과 기가스를 모조리 챙겼다.

"양이 생각보다 많군요."

특히 기가스의 양이 엄청나서 라치온 시티부터는 기가스도 경매에 내놓아야 할 것 같았다.

"제련소와 제철소가 정상 가동되면서 후판이 안정적으로 공급되었고 스노족 결계술사와 휴먼족 장인이 대거 합류한 덕분에 생산성이 높아졌습니다. 덕분에 저도 드워프족과 함께 감마급 타이탄 연구에 전력을 다할 수 있게 되었습니다."

가온이 놀라는 얼굴을 본 알름이 뿌듯한 미소를 지었다.

"감마급 개발 현황은 어떻습니까?"

"두세 달 정도면 시제품이 나올 것 같습니다. 그런데 감마급도 판매하실 생각입니까?"

"아뇨. 굳이 그럴 생각은 없습니다."

열두 마녀 측도 감마급은 보유할 뿐 판매하지 않는다고 들었다. 안 그래도 그들의 주의를 끌기 시작한 상황에서 굳이 감마급 타이탄을 판매해서 견제를 받고 싶진 않았다.

"그렇다면 굳이 성능을 다운그레이드할 필요가 없겠군요."

"기대가 큽니다. 계속 수고해 주세요."

감마급이 생산되면 대전사장들에게 지급할 예정이다. 소드마스터인 그들이라면 감마급의 위력을 제대로 발휘할 수 있을 테니 말이다.

그렇게 타이탄 공방을 점검한 후 제련소와 제철소를 둘러보았는데 고질적인 인력 부족을 제외하고는 문제가 되는 부분은 더 이상 없었다.

다음은 전사단이었는데 다른 때와 마찬가지로 모든 전사

들이 타이탄 기동훈련과 실전에 가까운 대련 훈련을 하고 있
었다.

가온은 훈련에 방해가 될까 봐 전사들의 눈을 피해서 단장
실로 향한 후 시르네아를 의념으로 불렀다.

얼마 후 시르네아가 땀에 젖은 모습으로 단장실로 달려왔
는데 속옷처럼 몸에 착 달라붙는 방어구만 입고 있어서 보기
가 민망했다.

그런데 좀 이상한 기분이 들었다. 가온이 아는 시르네아라
면 아주 급박한 상황이 아니면 정령들을 이용해서 몸을 말끔
하게 씻고 제대로 된 복장을 갖추고 왔을 텐데, 지금은 마치
굴곡지고 탄탄한 몸매를 자랑하기라도 하듯 땀에 젖은 모습
으로 달려온 것이다.

"헤루스!"

마치 안길 듯 가까이 달려온 시르네아의 몸에서는 미약한
땀 냄새와 함께 자꾸 맡고 싶은 좋은 체향이 나고 있었다.

"시르네아가 고생이 많네."

"호호호. 고생은요. 훈련을 참관하러 오셨어요?"

하이엘프답게 감정 표현이 드물었던 시르네아가 교태를
부리듯 화사한 웃음을 지으며 물었다.

"응. 이제 전사장들까지 타이탄이 모두 지급되었다면서?"

이제 모든 전사가 타이탄과 기가스를 소유하게 된 것이다.

"네! 베타급 타이탄도 매일 지급되고 있어서 아주 사기가

높아요. 전투력은 물론이고요."

"우리 전사단의 규모가 얼마나 커진 거지?"

마나를 올려 주는 천연 영약을 아끼지 않고 지급했으며 모두 향상심을 가지고 노력했기 때문에 그동안 전사들의 실력이 많이 높아졌다는 사실만 알고 있었다.

"일단 총원은 5,514명이에요. 저를 포함한 대전사장이 38명이고 전사장이 914명, 나머지는 전사로 전사장과 전사들은 상급, 중급, 초급으로 분류했는데 비율이 각각 10, 30, 60이에요."

시르네가 뿌듯하고 자랑스러운 얼굴로 보고를 하자 가온이 깜짝 놀랐다.

"그렇게나 많이 늘었나?"

그렇다면 전사만 무려 4,500명 이상이라는 얘기다. 물론 늘어난 이유가 있었다.

"예비 전사들이 모두 정식 전사가 되었군."

"네! 헤루스께서 마나 증진 효과가 있는 영약을 충분하게 지급해 주셨고 그동안의 훈련을 통해서 모두 정식 전사로 거듭났어요!"

"소드마스터도 열 명 정도 늘었네?"

이제까지의 기준을 적용하면 아니테라에서 대전사장이 된다는 것은 소드마스터가 되었다는 의미이다. 총인구가 4만 명도 되지 않는 사회에서 가온을 포함해서 소드마스터만 40

명에 육박한다는 사실을 고려하면 아니테라의 전력이 얼마나 터무니없는 것인지 알 수 있었다.

"네. 엘프족에서 여섯 명, 나가족에서 네 명이 벽을 넘었어요. 이게 다 헤루스께서 타이탄을 지급하신 덕분이에요."

마나를 증폭시킬 수 있는 타이탄 덕분에 단단한 벽을 깬 인원이 그 정도로 많았다는 얘기다.

"중급 전사장이라면 익스퍼트 상급인가?"

"네. 최소한의 자격이 상급이고 상당수가 검사를 구현할 수 있어요."

"그렇다면 중급 전사장까지는 베타급 타이탄을 지급해야 겠네. 알름 위원에게 얘기를 해 놓을 테니 생산되는 대로 단장이 배급을 해 줘."

그래야 전투력이 더 높아진다.

"감사해요. 안 그래도 알파급으로는 중급 전사장들의 기량을 제대로 발휘할 수 없는 것 같아서 고민했는데 다들 기뻐할 거예요."

그렇게 되면 베타급 타이탄 라이더가 360명 이상으로 확 늘어난다.

"그럼 상급 전사는?"

"익스퍼트가 최소 요건이에요."

전사가 대략 4,500여 명이니 상급 전사는 대략 450명이다. 전사장까지 고려하면 아니테라 전사단은 익스퍼트 경지의 전사만 거의 1,400명이 된다는 얘기였다.

새삼 아니테라의 전사 전력이 얼마나 대단한지 알게 되어 너무나 뿌듯했다.

"그럼 상급 전사의 경우 알파급 타이탄을 지급해도 되겠군."

베타급도 그렇지만 알파급 역시 생산량이 많아서 그리 오래 걸리지는 않을 것이다.

"그렇게만 해 주신다면 사기가 크게 높아질 것 같아요."

"베타급을 지급받은 중급 전사장의 타이탄과 새로 생산되는 타이탄이라면 오래지 않아서 다 받을 수 있을 거야."

상급 전사들의 경우 기가스를 운용한 경험도 있으니 알파급 타이탄에도 금방 적응할 것이다.

'그나저나 이제 기가스의 비축분이 꽤 쌓였으니 판로를 알아봐야겠네.'

일반 전사들의 경우처럼 기가스는 아이테르 전사나 용병들의 전력을 비약적으로 높여 줄 것이니 차원 융합을 막으려면 단기간에 엄청난 물량을 풀어야 할 것 같았다.

'일단 라치온 시티에서 열리는 경매에서 기가스를 선보이고 우리 전사단은 그때부터 부대를 재편성해서 던전 공략을 해야겠군.'

타이탄과 기가스 덕분에 전력이 크게 강화되었다고 하더라도 실전은 필수적이다.

그리고 던전은 그런 실전 경험을 쌓을 수 있는 최적의 장소였다. 전사들에게 확실한 동기부여가 되는 보상이 있었기 때문이다.

마지막으로 들른 마법사단은 총 49명으로 전원 타이탄을 보유하고 있었다.

인원도 엘프족 16명, 나가족 21명, 스노족 17명으로 균형도 비교적 잘 맞았다.

문제가 하나 있었는데 가온이 단장으로 임명한 베이린이 엘프족 원로로 원로회의에 자주 참석을 해야 하고 고령인 관계로 단장 자리를 고사한다는 것이다.

가온은 베이린 원로의 추천과 세 종족의 마법사, 주술사, 그리고 결계술사 들의 의견을 수렴해서 엘프족 마법사인 피루스를 단장으로 임명하고 그녀의 의견에 따라 라델, 레뤼크, 헤르로듀미러스를 부단장으로 임명했다.

피루스는 생각보다 훨씬 더 어렸다. 인간으로 치면 서른 살 정도에 불과했으니 마법의 천재라고 할 수 있었다.

"피루스는 최상급 물의 정령과 계약을 했을 정도로 타고난 정령사이며 인챈트 마법에도 정통한 마법사랍니다."

외모는 엘프치고는 평범했지만 눈에 가득한 혜지(慧智)가 무척 돋보이는 것으로 보아 천재임이 틀림없었다. 피루스를 소개하는 베이린 원로의 목소리에는 숨길 수 없는 자부심이 실려 있었다.

"피루스 단장, 앞으로 마법사단을 잘 부탁해."

"염려하지 마세요, 헤루스. 최선을 다할게요. 그런데 저희 마법사단은 이게 끝인가요?"

"규모를 더 키울 생각인가?"

"당연하지요. 전사단의 경우 5천 명이 넘잖아요. 저희 마법사단도 그 10분의 1까지는 키워야 제대로 활약을 할 수 있을 것 같아요."

그럼 500명이 되는데 그 모두에게 마법사용 타이탄을 지급하는 데 시간도 많이 걸리거니와 다른 문제가 하나 더 있었다.

"서클 마법을 익힌 엘프족은 4서클이라고 해도 타이탄의 주인이 되는 건 별문제가 안 되는데 주술사와 결계술사가 문제야."

"그래서 말인데 저희에게도 천연 영약을 하사해 주실 수 있을까요?"

"천연 영약?"

"네. 헤루스께서도 아시겠지만 주술사나 결계술사 들도 저희 마법사처럼 마력과 비슷한 힘이 절대적이에요."

"그런 힘을 천연 영약으로 올릴 수 있는 건가?"

마력이야 당연히 증가하겠지만 주술사와 결계술사에게도 도움이 될지는 모르겠다.

"이론적으로는 가능할 것 같아요. 요즘 저희들은 기동훈련과 탑승한 상태로 마법, 주술, 그리고 결계술을 펼치는 훈련을 하면서 한편으로는 서로의 힘을 비교 분석하고 있거든요. 그런 시간을 통해서 주술이나 결계술로 마법의 위력을 강화하거나 반대의 경우도 가능하다는 사실도 알아냈고요."

역시 비슷한 부류가 모여서 생활하다 보니 긍정적인 효과가 나오는 것 같았다.

"그런데 타이탄의 마력 증폭의 효과가 저희 모두에게 동일하게 적용되었어요. 즉 마력이나 주술력 혹은 결계력이라고 부르는 에너지 모두가 증폭되었어요."

그렇다면 핵심적인 힘의 요소는 동일하다는 의미이며 천연 영약이 벽을 앞두고 있는 경우에 큰 도움이 될 수 있었다. 몇 명이라도 천연 영약을 통해서 마주한 벽을 깬다면 얼마든지 줄 수 있었다.

"헤루스도 아시겠지만 주술사나 결계술사는 일정 경지를 넘으면 마력으로 도구를 대신할 수 있어서 타이탄을 탄 상태라면 충분히 마법과 동일한 현상을 구현할 수 있어요."

사실 그건 처음 듣는 소리지만 그렇다면 굳이 주술사와 결계술사를 타이탄 라이더에서 배제할 이유가 없었다.

"좋아! 그런 거라면 당연히 줘야지."

가온은 그 자리에서 바로 모둔에게 의념을 보내 마법사와 주술사 그리고 결계술사 들에게 엘프의 눈물을 충분히 공급해 달라고 부탁했다.

마침내 라치온 시티에서 개최되는 경매일이 하루 앞으로
다가왔다.

가온은 시간에 맞추어서 일찍 아이테르 차원으로 건너갔
다.

도착한 지점은 예전에 스네이크 협곡으로 불리던 장소에
서 조금 떨어진 곳이었는데 너무 일찍 왔는지 이제 겨우 해
가 뜨기 시작하고 있었다.

"어엇?"

이 시간이라면 당연히 아무도 없을 거라고 생각했지만 스
네이크 협곡을 오가는, 아니 라치온 시티로 들어오는 말과
마차 그리고 사람 들이 보였다.

'무슨 일이 있나?'

지금 이 시간에 이곳까지 도착했다면 밤을 새워 온 것임을
쉽게 짐작할 수 있었다. 당연히 지금 라치온 시티로 오는 사
람들에게 중요한 용건이 있어야 가능한 일이었다.

'설마 이 많은 인파가 경매 때문에? 설마?'

가온이 무슨 일인가 싶어서 협곡 쪽으로 걸어갔다.

그런데 이제 막 협곡을 빠져나오고 있던 마차 행렬의 중간
부분에서 말을 타고 있던 한 인물이 갑자기 가온을 향해 말
을 몰아왔다.

"온 훈 경!"

누군가 했더니 아이린이었다. 그리고 보니 상행을 호위하고 있는 용병들의 몸매를 보니 모두 여자였다. 안면이 있는 블루로즈 용병단이었던 것이다.

"아이린 단장님."

"이렇게 일찍 여기는 웬일이세요?"

"경매 때문에 이제 오는 길입니다."

"아! 경이 혼자시라서 미리 도착해서 경매를 기다리시는 줄 알았어요."

그때 또 한 명이 말을 몰아 달려오더니 가온의 앞에 착지했다.

"다시 뵈어 영광이에요! 감사합니다!"

얼굴을 자세히 보니 블루로즈 용병단의 부단장이었다.

"오랜만입니다. 그리고 감사는 무슨 말입니까?"

"단장님도 그렇고 제 타이탄도 저렴하게 팔아 주셨잖아요. 치열한 경매도 거치지 않고요. 정말 감사해요!"

그러고 보니 아이린에게는 2기 모두 경매를 통하지 않고 판매를 했다. 그것도 평균 낙찰가보다 저렴하게 말이다.

"어때요? 쓸 만하던가요?"

"쓸 만한 정도가 아니지요. 타이탄 덕분에 두 번이나 큰 위기를 넘겼는걸요. 거기에 타이탄을 2기나 보유하고 있어 이번처럼 귀인의 호위 건도 맡았고요."

아이린 단장이 부단장을 대신해서 대답했다.

"다행이군요. 그런데 왜 밤을 새워 가면서 오는 겁니까?"

"그야 당연히, 아니 이런 일을 만드신 분이 너무 모르시는 거 아니에요?"

"그게 무슨 말입니까?"

"이번에 라치온 시티에서 열린 경매에서 타이탄 50기가 나온다고 해서 벌써부터 사람들이 몰려들어 지금 난리도 아니라고요!"

"……그 정도입니까?"

어느 정도 예상은 했지만 경매에 대한 관심이 엄청난 것 같다.

"네. 용병단과 상단은 물론이고 텔레포트진을 이용하기 힘든 귀족들까지 모여들고 있어요. 저희가 모시고 온 분들도 늦게 소식을 접하고 발만 동동 구르다가 저희에게 의뢰를 해서 지금 도착하신 거예요."

경매 분위기가 굉장히 뜨거워진 것 같았다.

"그렇군요."

그때 갑자기 부단장이 심각한 얼굴로 경고를 했다.

"그런데 경매가 제대로 열릴 수 있을지 모르겠어요."

"소프렌, 그게 무슨 말이야?"

가온이 반응을 하기도 전에 아이린이 부단장에게 묻는 것을 보면 그녀도 알지 못하는 상황이 벌어지고 있는 것 같았다.

'대체 무슨 일이지?'

심각한 소프렌의 얼굴을 보아하니 경매가 취소될 수도 있는 급박한 상황이 발생한 것은 맞는 것 같았다.

특별한 시연회(1)

"대체 무슨 일인데 경매가 취소될 수도 있다는 거야?"

가온 대신 아이린이 물었다.

"단장님은 귀빈과 마차 안에서 지냈기 때문에 잘 모르고 계셨지만 1시간 전에 우리와 조우한 블랙베어 용병단과 잠깐 얘기를 했었는데 이곳에서 얼마 떨어지지 않은 장소에 위험한 던전이 생성되었다고 해요."

"던전이 말입니까?"

"네. 라치온 측에서 급하게 조사를 했는데 오크가 주로 서식하고 보스는 블러디 오우거라고 했어요."

"블러디 오우거요?"

변종 같은데 처음 들어 보는 이름이다.

"피처럼 붉은 피부를 가진 변종으로 일반 오우거는 상대가 되지 않을 정도로 강력한 괴력을 가지고 있어요. 체고가 10미터에 달할 정도로 덩치가 크고 농후한 마기로 만든 오러를 사용하기 때문에 일반 오우거 수십 마리는 가볍게 찢어 죽일 수 있다고 알려졌어요."

소프렌의 설명이 사실이라면 라치온 시티는 골치 아픈 상황을 맞이한 것이다.

"게다가 세이틀 마탑의 인물들이 시티 안에서 목격되었다고 해요."

"정말? 그런 건 바로 알렸어야지!"

"단장님에게는 시티에 입성하면 알려 드리려고 했어요."

세이틀 마탑이라면 타이탄을 독점 생산하는 열두 마녀 중 한 곳이다.

"그게 정말이야? 왜 그자들이? 혹시 이번 경매가 알려져서 방해라도 하려는 건가?"

아이린이 더 흥분해서 물었다.

"알펜의 경매는 잘 알려지지 않았지만 릴센의 경매는 여러모로 유명했잖아요. 게다가 건설용 타이탄에 대한 이야기가 시티 사이에 빠르게 퍼지면서 열두 마녀 측에서도 알게 된 것 같아요."

"하아! 그 탐욕스러운 자들이 가만히 있을 리가 없는데. 설마 대규모 타이탄 전단을 끌고 온 건 아니겠지?"

"그건 알 수 없지만 우리와 같은 용병들에게도 타이탄을 판매하는 온 훈 님의 입장이 난처해질 가능성이 높아요."

"사정이 이렇다는데 지금 시티에 들어가실 거예요?"

부단장과 잠시 얘기를 나누던 아이린이 고개를 저으며 물었다. 아마 속으로는 지금 들어가서는 안 된다는 말을 하고 싶은 것일 터다.

"선의로 경고를 해 주셨는데 안 듣는다면 무례를 범하는 거겠지요? 대신 은밀하게 시장에게 이곳에서 기다리고 있다고 전해 주시겠습니까?"

"다행이에요! 그렇게 할게요."

다행이라고 표현하는 것을 보니 아이린도 열두 마녀 측에서 불순한 움직임을 보일 것으로 예상하는 것 같았다.

'그동안의 행태로 보아 힘으로 찍어 누르려고 할 테지.'

위협을 하거나 무력을 사용해서 짓밟으려고 할 가능성이 아주 높았다.

그렇다면 자신도 준비할 것이 있었다.

'어떻게든 성황리에 경매를 마쳐야 해!'

그것이 차원 의뢰를 가장 빠르고 쉽게 해결할 수 있는 방법이었다.

열두 마녀 중 하나인 세이틀 마탑의 부탑주이자 타이탄 공방주인 드베르텡은 아무리 기다려도 들어오지 않는 소식에 오만상을 찌푸렸다.

"아니테라 측은 아직도 입성하지 않은 건가? 설마 던전 때문에 경매를 취소하는 건 아니겠지?"

"던전 때문은 아니지만 그럴 가능성이 없는 것은 아닙니다. 무려 50기나 되는 타이탄을 경매에 내놓겠다고 했지만 얼마 전에 릴센에서 열린 경매에서 나온 물량이 10기였음을 감안하면 아직 충분한 물량을 확보하지 못했을 가능성이 높습니다."

"어쩌면 우리의 동향을 파악하고 내일 오후에 열릴 경매장에 바로 모습을 드러낼 수도 있지."

세이틀 시티의 정보국장인 필릭스의 대답에 타이탄 전사장이자 소드마스터인 리벨링이 다른 의견을 냈다.

"이름조차 생소한 데다가 위치조차 알려지지 않은 작은 시티의 능력으로 과연 우리의 동향을 파악할 수 있을까요? 라치온 시티의 수뇌부의 움직임은 계속 감시하고 있는데 통신 등 특이 동향은 없었습니다."

드베르텡이 필릭스의 말보다 리벨링의 의견에 신경을 쓰는 눈치를 보이자 정보국 부국장인 레온이 피식 웃으며 말했다.

"자네가 그렇게 무시하는 작은 시티가 이번 경매까지 포함하면 70기에 달하는 타이탄을 판매했거나 판매할 예정이고 우리 열두 마녀가 개발하지 못했던 전용 아공간 카드는 물론

예지몽으로
히든랭커

연구조차 시도하지 않았던 건설용 타이탄이라는 새로운 타이탄을 생산했지."

"그건, 끄응."

리벨링의 말에 즉각 반응하려던 레온이 앓는 소리와 함께 입을 닫았다.

"리벨링 단장의 말이 맞다. 하늘에서 뚝 떨어진 것처럼 나타난 존재지만 그동안 우리가 꺾어 버렸던 시티 수준이 절대 아니야. 굳이 건설용 타이탄이 아니더라도 우리도 얼마 후면 개발에 성공할 전용 아공간 아이템을 이미 사용하는 것만 보더라도 아니테라 시티의 기술력이 얼마나 뛰어난지 알 수 있지."

"그래 봐야 우리에 비하면 아무것도 아닌 놈들입니다!"

세 사람은 레온의 자신만만한 태도에 쓴웃음을 지었지만 굳이 그의 자신감을 꺾으려고 하지 않았다. 레온은 마탑주가 총애하는 수제자였기 때문이다.

성정이 오만한 것이 단점이지만 그래도 천재적인 마법 재능을 가지고 있어 마탑이 미래를 기대하는 동량이었다.

"나타나기만 하면 우리 타이탄 전력을 압도시켜 버리면 됩니다!"

그 말에는 세 사람 모두 동의했다. 특이 이번 임무를 책임지고 있는 드베르텡은 자신이 있었다. 아니테라 역시 여태까지 짓밟았던 시티나 마탑과 크게 다를 것이 없었다.

'소문에 따르면 최대로 동원한 전력이 베타급 20기에 알파급 50기라고 했으니…….'

세이틀 시티가 이번에 동원한 타이탄 전력은 베타급 50기에 알파급 100기였다.

'다른 특사가 거느린 전력과 합류만 하지 않는다면 압도할 수 있어. 진짜일 가능성은 전무하지만 소문대로 타이탄의 성능이 우리에 비해 15% 정도 높다고 해도 숫자로 충분히 압도할 수 있어!'

거기에 자신들이 아니면 타이탄을 구입할 수 없는 시티들의 입장을 생각하면 전력은 차고 넘쳤다.

그때였다. 급한 발소리에 이어 귀빈실의 문에서 노크 소리가 들렸다.

"들어와!"

허락이 떨어지자 귀빈실로 들어온 사람은 정보국 간부였다.

"라치온 시티의 시장을 비롯한 수뇌들이 스네이크 협곡 쪽으로 이동하고 있습니다!"

"새로 건설한 마차로의 입구 쪽으로?"

"네! 아니테라 측에서 경매에 앞서 타이탄 시연회를 하겠다고 합니다."

"시연회?"

"네! 새로운 타입의 타이탄을 선보이겠다고 합니다."

드베르텡과 정보국장 필릭스의 눈이 동시에 빛났다.

"차라리 잘됐군! 우리의 타이탄 전력을 보여 주려면 무대가 커야지."

"알아서 판을 깔아 주는군요!"

세이틀 시티의 목적은 아니테라 측 전력을 파악하고 그들의 타이탄을 입수하는 것이다.

하지만 이곳에 파견된 이들은 일단 자신들의 전력을 공개해서 상대를 압박하기로 입장을 정했다.

'시연회를 보고 놈들의 전력을 파악한 후 가능하다 싶으면 공격을 해서 타이탄을 빼앗자!'

당연히 사람들의 반응은 최악이겠지만 어쩔 수 없었다.

'경매에 참가하는 시티는 앞으로 우리 열두 마녀의 타이탄을 구입할 수 없다고 선언하면 지들이 어쩔 거야!'

하지만 문제가 없는 것은 아니다. 그동안 수집한 정보에 의하면 타이탄의 전투력은 확실히 자신들의 그것보다 높았고 무엇보다 구동원이 중급 마정석이라는 점과 전용 아공간 카드가 있어서 활용도가 높았다.

그래서 자신들의 경고에도 불구하고 팔탄 시티처럼 열두 마녀 측에 강한 반감을 가진 곳들은 경매에 참여할 수도 있었다.

'그런 자들을 위해서 우리 전력을 제대로 보여 줘야지.'

그 때문에 소드마스터이자 무려 150기로 편성된 타이탄 전사단을 이끄는 소드마스터 리벨링까지 파견한 것이다.

"우리도 빨리 움직입시다!"

"메를렌 영애는 어디에 계신가?"

"숙소에 계십니다."

"그럼 모시고 바로 가도록 하지."

그렇게 세이틀 시티 인사들이 숙소를 나왔을 때는 수많은 사람들이 스네이크 협곡 쪽으로 이동하고 있었다.

라치온 시티의 시장이나 용병길드장 등이 향한 곳은 마차로로 변한 스네이크 협곡이 아니었다. 협곡과 가까운 좁고 험한 내리막길을 따라 한참 내려가자 깊은 골짜기가 나타났는데 그들의 발길은 그 아래쪽으로 향했다.

라치온 시티에서 걸어서 1시간이나 걸리는 장소에 도착한 사람들 중 일부의 얼굴이 하얗게 변했다.

"던전이다!"

보통 던전이 아니었다. 직경이 10미터는 될 것 같은 거대한 게이트의 크기로 보아서 상급 혹은 최상급의 대형 던전이었다.

물론 여기까지 따라온 이들은 대부분 실력이 뛰어난 전사나 용병 혹은 한 시티의 요인이었기에 이미 얼마 전에 생성된 이 던전에 대해서 알고 있어서 경악한 이들은 그리 많지 않았다.

"아니테라 시티에서 타이탄 시연회를 한다고 한 거 맞지?"

"맞아! 아무래도 이 던전에서 타이탄 시연회를 하려는 의도인 것 같은데, 설마 타이탄으로 던전을 공략하는 모습을 보여 주려는 것일까?"

"아마도."

"이 던전의 보스가 악마 오우거라는 별칭이 있는 포악한 블러디 오우거라는 사실을 모르는 거 아닐까?"

"어쩌면 이 위험한 던전 때문에 라치온 시티에서 아니테라 시티에 사기를 치려는 것일 수도 있어. 블러디 오우거는 소드마스터가 서너 명은 되어야만 사냥할 수 있다고 들었어."

"모르지. 정말 아니테라 시티에서 자신이 있어서 던전을 공략하려는 건지. 만약에 공략하는 데 성공한다면 아니테라와 타이탄은 확실하게 믿을 수 있을 거야."

그때 누군가가 꺼낸 말에 분위기가 경매 쪽으로 급속하게 쏠렸다.

"그나저나 이번 경매는 두 번에 나눠서 열리는 것으로 바뀌었다지?"

"시티 측이 시연회와 함께 급하게 공지를 했다네. 일단 경매에 나올 타이탄이 10기가 더 늘었어. 대신 타이탄 30기가 걸린 첫 번째 경매는 참가에 아무런 제한이 없지만 또 다른 30기가 걸린 두 번째 경매는 라치온 시티에 거점을 두고 활동하는 상단과 용병단을 대상으로 한다고 말이야."

"잘됐네. 안 그랬으면 자금력이 높은 다른 시티 측에서 쓸어 갔을 거야."

"며칠 전에 열린 릴센의 경매에서도 낙찰 평균가가 55만 골드라고 하던데 이번 경매는 얼마에 낙찰이 되려나?"

"못해도 60만 골드까지는 가지 않을까? 상단들은 물론 자금이 부족해서 이번 기회에 합병한 용병단들도 꽤 많다고 들었어."

꽤 목청이 큰 용병들의 대화를 들으며 이동하던 세이틀 시티의 수뇌들은 생각보다 훨씬 더 뜨거운 경매 분위기와 예상 낙찰가에 얼굴을 찌푸렸다.

용병들만 이런 반응을 보이는 것이 아니다. 상단이나 시티 관계자들로 보이는 자들도 비슷한 내용의 대화를 나누고 있었다.

그런 대화를 듣던 세이틀 마탑 사람들은 인상을 찌푸렸다.

'골치 아프군.'

이런 분위기에서 타이탄 전력을 공개해서 아니테라 측을 압박하거나 경매 자체를 무산시키면 사람들의 원성이 모두 세이틀 시티로 향할 것이다.

물론 열두 마녀의 고객이 될 수 없는 용병들의 말에 신경을 쓸 필요는 없지만 그동안 불공평한 판매로 인해서 자신들에게 적지 않은 반감을 가지고 있는 시티 측의 반응은 아무래도 신경이 쓰이지 않을 수 없었다.

'이렇게 되면 순수한 타이탄 전력으로 누를 수밖에 없군.'

세이틀 마탑 사람들은 상급이 아닌 중급 마정석으로 구동하는 타이탄이 열두 마녀의 타이탄을 능가하는 건 절대로 불가능하다고 확신했다.

그때 던전에서 사람이 한 명 나오더니 시장에게 향했다. 그리고 낮은 목소리로 뭔가를 얘기하고는 다시 던전 안으로 들어갔다.

"아니테라 시티에서 던전을 공략할 준비가 되었다고 하니 들어갑시다!"

시장의 말에 사람들은 주저했지만 라치온 시티 수뇌부와 전사들이 먼저 게이트를 통과해서 사라지자 그 뒤를 따랐다.

던전 안은 라치온 시티가 자리를 잡고 있는 분지보다 세 배 이상 큰 공간이었는데 외곽은 높고 중심부는 낮은 지형이었다.

게이트와 가까운 정면에는 거대한 바위들이 쌓여 있는 넓은 지역이 있었고 그 너머로는 숲과 초지가 펼쳐져 있었다.

"많이들 들어왔군."

드베르텡이 주위를 돌아보며 혀를 찼다. 수천 명은 될 것 같았기 때문이다.

그런데 사람들의 이목을 끈 것은 던전의 환경이 아니라 거대한 바위군의 앞에 도열한 일단의 사람들이었다.

거대한 바위군 앞에 도열한 이들은 몸에 착 달라붙는 방어구를 입고 있었는데 그중 일부가 앞으로 나왔다.

사람들이 시선이 그들을 향했을 때 그중 한 전사가 시장의 앞으로 가더니 뭔가 대화를 나누었다.

"저기 시장님 옆에 있는 청년이 아니테라의 타이탄 전사장 인 온 훈이라는 전사인 거 같아."

누군가의 말에 사람들의 시선이 가온에게 쏠렸다. 그는 다른 전사들과 달리 얼굴이 드러나는 투구를 쓰고 있어서 용모를 알아볼 수 있었다.

'젊군! 저런 나이에 타이탄 전사장이며 타이탄 판매에 대한 전권을 가지고 있다면 시티의 후계자겠군.'

드베르텡은 가온보다는 그의 뒤를 따르는 전사들에게 더 눈이 갔다.

'아주 뛰어난 방어구를 착용하고 있어. 게다가 전사들이 무척 뛰어난 실력을 가지고 있고!'

7서클 마법사답게 그의 눈은 가온의 바로 뒤편에서 걷고 있는 전사들이 발산하고 있는 기세를 볼 수 있었다.

"헉!"

나직한 경호성에 옆을 보니 타이탄 전사단장인 리벨링의 얼굴이 딱딱히 굳어 있었는데, 그의 눈은 무리의 가장 뒤편 에 있는 전사 20여 명에게 꽂혀 있었다.

'아무런 기도도 발산하지 않는 전사들을 왜? 헙! 설마?'

드베르텡의 시선이 다시 가온으로 향했다.

'온 훈이라는 자에게서도 전혀 기도를 느낄 수 없어!'

소드마스터라는 명백한 증거였다. 정보국장이 입수한 소문의 내용이 맞은 것이다.

아무리 시티의 후계자라고 해도 아무런 능력도 없는 자에게 타이탄 전사단장이라는 직책을 주지는 않는다. 하물며 온 훈은 베타급 타이탄 라이더로 알려져 있었다.

'그럼 저들 모두가 최소한 익스퍼트 최상급이라고?'

사람의 기도라는 것은 인위적으로 숨기지 않는 이상 드러날 수밖에 없었다. 그리고 기도를 감추려면 최소한 오러 스레드를 구사할 수 있는 익스퍼트 최상급은 되어야만 했다.

아니테라 측에서 유일하게 얼굴을 드러낸 가온은 기껏해야 20대 초중반에 불과했기에 도무지 이해가 가질 않았다.

아무리 천재라도 저 나이에 소드마스터라니 이건 도를 넘어선 것이다.

'설마 온 훈이라는 자는 바디체인지를 했거나 엘프 혼혈이라서 동안인 건가?'

그렇게 생각하니 비로소 말이 된다.

'으음. 함부로 움직일 수 없겠군.'

드베르텡이 거기까지 생각하고 리벨링에게 시선을 돌렸다. 자신의 의사를 전하기 위해서였는데 그의 얼굴은 딱딱하게 굳다 못해서 식은땀이 흐르고 있었다.

'일단은 좀 지켜보자.'

드베르텡은 로브에 달린 모자로 얼굴까지 가리고 있는 메를렌 영애를 포함해서 곁에 있는 사람들에게 자신의 생각을 전해 주고 경거망동하지 않도록 주의를 주었다.

그런데 반발을 예상한 리벨링이 의외의 반응을 보였다. 아니테라 측 인물들에게서 시선을 떼지 못하고 있는 그는 소드마스터답지 않게 땀을 흘리고 있었다.

"하아. 다행히 부탑주님도 저와 같은 생각이군요. 다른 자들도 생각 이상으로 강자로 보이지만 온 훈이라는 자와 뒤쪽에 있는 스무 명은 굉장히 위험해 보입니다! 아마 저들은 저와 동수일 겁니다."

"허업! 그, 그게 정말입니까?"

드베르텡의 말에 이어 리벨링의 평가를 들은 펠릭스는 경악했다. 전사단장의 말이 맞는다면 아니테라 시티는 소드마스터만 무려 스무 명 이상을 보유하고 있다는 의미였기 때문이다.

"믿을 수 없어요! 메가시티에도 소드마스터는 기껏해야 다섯 명에 불과합니다!"

레온의 말에 리벨링은 고개를 저었다.

"나도 믿기지는 않지만 저들은 자신의 기도를 완벽하게 감출 수 있는 실력자들이오, 앞 열의 이십여 명을 제외한 나머지도 익스퍼트 상급에서 최상급의 강자들이고. 아무래도 정보가 너무 부족한 상태에서 온 것 같군."

정보국장인 펠릭스의 입이 떡 벌어졌다.

'대체 아니테라가 어떤 시티이기에?'

알려진 것이라고는 사람들에게는 금지(禁地)로 불리는 마르트 산맥 깊숙한 곳에 자리를 잡은 작은 시티이며 열두 마녀를 제외하고는 유일하게 타이탄을 생산할 수 있는 능력을 가지고 있다는 것밖에 없었는데, 저렇게 엄청난 강자들이 있다니 믿을 수가 없었다.

그때 시장과 대화를 나눈 젊은 전사가 사람들을 향해 몸을 돌리더니 입을 열었다.

"이제부터 여러분이 던전 공략 과정을 편하게 지켜볼 수 있는 참관대를 만들겠습니다."

일부러 소리를 지른 것도 아닌데 바로 옆에서 얘기하는 것처럼 들리는 것을 보면 마나 운용력이 극도로 뛰어난 인물 같아서 사람들은 내심 크게 감탄했다.

투구 밖으로 드러난 밝은색의 은발을 가진 전사 네 명이 암석군 앞으로 향하는 모습과 그들이 카드를 꺼내 소환한 생소한 형태의 거대한 기계들이 들어왔다.

"저게 뭐지?"

"뭐긴! 건설용 타이탄이잖아! 아니테라 시티에서 저 타이탄들로 에보른 시티까지 연결되는 마차로를 건설했다고."

"아! 자네는 그때 공사 현장을 따라다니면서 모두 구경했다고 했지."

"저게 그 유명한 건설용 타이탄이구나!"

사람들의 관심이 건설용 타이탄에 쏠렸다. 누구는 외양의 생경함에, 또 다른 누구는 압도적인 크기에 감탄성을 토하고 있었다.

세이틀 마탑에서 파견된 이들도 다른 사람들처럼 놀라고 감탄했지만 표시는 내지 못했다. 아니테라 시티는 자신들이 반드시 눌러야만 하는 존재였으니 말이다.

'흐음. 저것들이 건설용이란 말이지.'

마탑의 부탑주이며 타이탄 설계에도 참여한 적이 있으며 현재 타이탄 공방주의 자리를 맡고 있는 드베르텡은 당장이라도 달려가서 타이탄을 샅샅이 살펴보고 싶었지만 억지로 참았다.

'조금만 지켜보자.'

탑주가 내린 명령은 아니테라의 전력을 파악한 후 적절하게 대응하라는 것이었지만 오는 동안 타이탄 전사단장의 말대로 일단 압도적인 타이탄 전력으로 아니테라 측을 압박하기로 마음을 먹었다.

이제까지 전혀 알려지지 않았던 작은 시티가 설치는 꼴을 두고 볼 생각이 없었기 때문이다.

그런데 지금은 그럴 상황이 아니다. 그들이 이곳에 파견된 이유 중에는 건설용 타이탄을 제대로 파악하는 것이 포함되어 있었다.

건설 작업에 특화된 새로운 타이탄에 대해서 들었을 때부터. 당연히 강렬한 호기심이 끓어올랐는데 마침 건설용 타이탄들을 이렇게 꺼내 놓은 것을 보니 작업하는 모습을 시연할 것 같으니 일단 지켜보기로 한 것이다.

"설마 저 타이탄들로 저 거대한 바위 더미를 부수려는 것일까?"

드베르텡이 혼잣말을 할 때 라이더 중 한 명이 날카로운 강철 날들이 장착된 타이탄에 탑승했다. 그리고 금방 웅장한 소음이 나더니 철편을 이어붙인 특이하고 거대한 바퀴가 움직이기 시작했다.

"동화 시간이 이렇게 짧다고?"

누구보다 타이탄에 대해서 잘 알고 있다고 생각하는 세이블 시티 사람들은 경악했다. 라이더가 탑승한 지 불과 30초 만에 타이탄이 기동한 것이다.

경악의 빛이 짙게 떠오른 그들의 눈에 앞쪽에 장착된 여섯 개의 강철 칼날이 증폭된 마나가 주입된 듯 시퍼렇게 물들더니 이내 빠르게 회전해서 종내에는 칼날의 형태가 보이지 않게 되는 모습이 들어왔다.

"파쇄 타이탄이다!"

이미 건설용 타이탄을 알고 있는 누군가가 자랑하듯 소리쳤다.

"저렇게 거대한 강철 칼날에 마나를 주입해서 고속으로 회전을 시킨다고?”

펠릭스가 그렇게 말했을 때 암석군 앞에 도착한 파쇄 타이탄이 서서히 전진하자 사방으로 날아가는 돌 파편과 함께 피어오른 뿌연 돌가루로 인해서 타이탄의 모습이 사라졌다.

빠가가가각!

푸스스스.

비록 피어오른 돌가루로 인해서 시야가 제한되었지만 이 자리에 모인 사람 대부분은 능숙하게 마나를 운용하는 능력을 가지고 있었기에 돌가루 속에서 파쇄 타이탄의 앞에 장착된 거대한 강철 칼날이 고속으로 회전을 하면서 거대한 바위들을 잘게 분쇄하는 모습을 똑똑히 볼 수 있었다.

‘미친! 저게 가능하다고?’

아무리 마나를 주입한 강철 칼날을 고속으로 회전시킨다고 해도 평균적으로 집채 크기의 바위들이 저렇게 잘게 부서져서 사방으로 날아가는 건 불가능한 것 같은데 눈으로 직접 보고 있으니 믿을 수밖에 없었다.

대략 10분 후 강철 칼날을 장착한 타이탄이 아직도 피어오르고 있는 뿌연 돌가루 속을 후진으로 빠져나왔다.

얼마 후 돌가루가 가라앉자 거대한 암석이 쌓여 있던 구간에 직경이 50무는 될 것 같은 공터가 나타났다. 그리고 그 공터 주위에는 잘게 부서진 바위 파편들이 가득했다.

“우와아아!”

건설용 타이탄의 작업을 처음 구경한 사람들이 환호성을 질렀다. 1기의 타이탄으로 인력으로는 도저히 할 수 없는 엄청난 일을 해낸 것이다.

"직경이 3무가 넘는 바위들이 쌓인 곳은 이렇게 해결했지만 나머지 구간은 어려울 텐데⋯⋯."

펠릭스의 말대로 건설용 타이탄이 바위를 분쇄해서 공터로 만든 공간을 제외한 나머지 암석군은 바위와 흙들이 층층이 쌓여 높이가 20무가 훨씬 넘었다.

그때 새로운 타이탄이 움직였다.

"저 타이탄에 장착된 건 거대한 드릴이네."

"저건 드릴 타이탄이야!"

본체와 연결된 부위의 직경이 무려 5무나 되는 거대한 드릴을 장착한 타이탄이 기동하자 드릴 부분이 마나가 주입되었는지 시퍼렇게 빛을 냈고 이어 맹렬하게 회전하기 시작하며 높이 쌓인 암석군을 향해 전진했다.

빠가가가각!

푸스스스.

귀가 먹먹할 정도의 소음과 함께 거대한 드릴을 장착한 타이탄이 암석군에 거대한 구멍을 만들고는 이내 뒤로 후진했다.

꽈지지직!

하단에 거대한 구멍이 생긴 바위군의 윗부분이 무너졌다.

그때 쉬고 있던 파쇄 타이탄이 다시 기동해서 무너져 내린 바위들을 잘게 부수기 시작했고 드릴 타이탄은 옆으로 이동해서 같은 식으로 굴을 뚫어 위쪽을 무너뜨렸다.

그런 방식으로 30분 정도가 지나고 드릴 타이탄과 파쇄 타이탄이 카드 속으로 사라졌을 때 연기처럼 뿌옇게 피어올라 사람들의 눈을 가렸던 돌가루가 가라앉았다.

"세상에!"

불과 30분 전만 해도 바위들이 층층이 쌓여서 굳어 버렸던 암석군이 사라졌다. 정확하게는 한 변의 길이가 200무에 이르는 공간이 어느새 잘게 부서진 돌 조각이 쌓인 공터로 변해 버렸다.

그런데 그게 끝이 아니었다. 새로운 타이탄이 등장한 것이다.

"이번에 소환된 타이탄은 꼭 삽을 들고 있는 팔처럼 생겼네."

"저건 포클레인 타이탄이라고 하더군!"

누군가를 통해 이름이 밝혀진 포클레인 타이탄은 바닥에 수북하게 쌓인 돌 조각을 거대한 삽으로 퍼서 원래 암석군 주위에 있던 십여 개의 구덩이에 채워 넣었다.

마지막으로 등장한 타이탄은 앞에는 가운데 부분이 안으로 들어간 직사각형의 강철판을, 후미에는 한눈에도 무거워 보이는 거대한 롤러를 장착하고 있었다.

사람들이 불도저라고 부르는 강철 삽은 잘게 부스러진 돌 파편을 고르게 폈고 후미에 장착된 거대한 롤러는 그렇게 편 바닥을 단단하게 다졌다.

그렇게 거대한 암석군이 편평하고 단단하게 다져진 공터로 변하는 데는 겨우 2시간밖에 걸리지 않았다.

전사나 용병 들은 그저 건설용 타이탄의 무지막지한 작업 능력에만 감탄했지만, 시티와 상단 관계자들은 그 활용 가치를 알아보고 홀린 얼굴로 시선을 떼지 못했다.

'바위 구간을 이렇게 평지로 만들 수 있다면 평지에 길을 내는 건 얼마나 쉽고 빠를까?'

그들은 넋을 놓고 지켜봤던 공사를 통해서 건설용 타이탄을 활용해서 밀림이나 산에 넓은 길을 뚫는 것뿐 아니라 대부분의 시티가 부족한 농지를 쉽게 넓힐 수 있으며 심지어 성벽을 쌓는 데도 큰 역할을 할 수 있다는 사실을 꿰뚫어 볼 수 있었다.

특별한 시연회(2)

　그렇게 건설용 타이탄으로 수천 명이 편하게 지켜볼 수 있는 참관대를 만든 아니테라 측은 그 건너로 이동을 했고 사람들은 참관대로 향했다.

　참관대에 서니 던전의 모든 공간이 한눈에 들어왔다.

　"트롤이다!"

　건설용 타이탄이 참관대를 만드는 과정에서 발생한 소음 때문에 자극을 받은 던전의 몬스터들이 이쪽을 향해 달려오고 있는데 흉악한 투기가 던전을 가득 채웠다.

　일부는 그 섬뜩한 투기에 몸을 바르르 떨었지만 대부분은 오히려 기대감을 가지고 아니테라 측의 대응을 주시했다.

　달려오는 몬스터의 선두는 트롤이었다.

숫자가 많지는 않았다. 대략 100마리 정도 되는 것 같은데 멀리에서도 놈들이 방출하는 강렬한 투기가 느껴졌다.

진로를 가로막는 숲의 나무를 몸통과 주먹으로 부숴 버리며 달려오는 100여 마리의 트롤을 지켜보던 아니테라 측에서 사람들이 기대하는 움직임이 보였다.

그때 아니테라 측에서 100여 명이 앞으로 나오더니 전용 아공간 카드에서 타이탄을 소환했다. 라운드 실드와 대검을 소지한 타이탄은 체고로 보아서 알파급이었다.

'설마 알파급 타이탄으로 트롤을 상대하려는 건 아니겠지?'

아무리 타이탄이 대단한 전투력을 가지고 있다고 해도 알파급으로는 트롤의 공격을 어느 정도 막아 낼 수 있을 뿐 혼자서 놈을 사냥하는 것은 불가능에 가깝다는 것이 정설이다.

트롤 사냥팀의 경우 보통 타이탄이 탱커 역할을 맡아서 트롤의 공격을 감당하고 후위에 위치한 마법사가 마법을 날려 주의를 현혹한 후 딜러들이 머리나 심장을 찔러서 파괴하는 방식으로 사냥한다.

즉 타이탄으로 트롤을 비교적 쉽게 사냥하는 것은 맞지만 단독으로 사냥할 수 있는 건 아니라는 뜻이다.

하지만 사람들의 추측과 달리 아니테라 측은 다른 타이탄은 소환하지 않았다. 알파급 타이탄 100여 기로 비슷한 숫자의 트롤을 사냥하겠다는 의미다.

트롤들은 단독 혹은 가족 단위로 생활하기 때문에 지금 달려오는 놈들도 뭉친 상태가 아니라 대부분 혼자였다.

사람들의 시선은 참관대 정면을 향해 달려오는 트롤에게 향했는데, 놈은 자신들을 가로막은 알파급 타이탄을 발견하고 분노가 가득한 피어를 내지르며 타이탄을 향해 돌진했다.

이미 라운드 실드와 대검을 든 타이탄도 트롤을 향해 달려갔고 곧이어 귀청이 떨어져 나갈 것 같은 충격음과 함께 타이탄과 트롤의 한판 승부가 시작되었다.

"어엇?"

"끼아악!"

"이건 말이 안 되는 승부야!"

관전하는 사람 대부분은 당연히 알파급 타이탄이 오러가 일렁이는 트롤의 주먹에 맞아 박살이 나는 끔찍한 모습을 떠올리며 비명을 질렀다.

꽝!

누가 보더라도 전력의 열세가 뚜렷함에도 불구하고 막상 맞붙자 알파급 타이탄은 놀라운 기량으로 트롤의 주먹에 실린 강력한 힘을 방패를 이용해서 흘리는 묘기를 보여 주었다.

세이틀 마탑의 요인들도 관심을 가지고 트롤과 알파급 타이탄의 전투를 주시했다.

"그렇지! 잘 막았어! 부딪힐 때 방패를 눕혀 충격을 흘리다니 스킬이 대단하네!"

"알파급인데도 움직임이 아주 빠르면서도 자연스러워!"

옆에 있는 리벨링은 타이탄 라이더답게 알파급 타이탄이 홀로 트롤을 상대하는 모습에 흥이 나는지 소리를 질러 가면서 구경 모드에 빠져 있었고, 정보국장인 펠릭스 역시 연신 탄성을 내뱉고 있었다.

'잘 싸우기는 하네.'

긴 팔과 오러가 일렁이는 주먹으로 빠르게 공격을 퍼붓고 있는 트롤이 우세였지만 오러를 쓰지 못하는 상대의 기량도 만만치 않았다.

상체를 가릴 정도의 크기인 방패를 활용해서 검기에 해당하는 오러가 생성된 트롤의 주먹질의 충격을 흘리거나 민첩한 발놀림으로 공격을 회피하는 한편 대검을 빠르고 간결하게 휘둘러 트롤의 몸에 계속해서 상처를 내고 있었다.

'공격력이 아쉽군!'

보고 있는 사람들 대다수가 그런 생각을 했다. 마나 증폭을 사용할 수 있는 알파급이지만 민첩성과 방어력을 올리느라고 타이탄의 대검은 제대로 된 검기가 발현되지 않아서 생체보호막을 뚫고 두꺼운 가죽을 살짝 가르거나 뚫는 정도에 불과했기 때문이다.

검에 베이거나 찔린 상처 정도야 금방 재생하는 능력을 지닌 트롤은 어느 순간부터 저돌적으로 공격을 퍼붓기 시작했다. 상대의 공격에 치명상을 입지 않는다고 확신한 것이다.

그렇게 일방적인 공격이 이어지며 사람들의 얼굴에 안타까운 감정이 짙어졌을 때 놀라운 반전이 벌어졌다.

"검기다!"

트롤의 주먹이 방패를 강타한 충격으로 인해서 뒤로 몇 걸음 물러난 타이탄의 몸 자체가 옆으로 틀어져 트롤의 시선이 닿지 않는 사각으로 들어간 대검에서 순간적으로 시퍼런 오러가 화염처럼 일렁이며 방출된 것이다.

그리고 다음 순간 타이탄이 놀라운 도약력으로 순식간에 10무 거리에 있는 트롤을 향해 화살처럼 날아가더니 놈의 심장에 대검을 찔러 넣었고 손목을 돌려서 심장을 완벽하게 터트려 버렸다.

트롤은 눈에서 빛이 사라지는 순간까지도 타이탄을 향해 주먹을 내질렀지만 그 주먹에는 어느새 마나가 사라져 있었다.

꼭 필요할 때만 마나를 최대로 증폭시켜서 사용하는 절묘한 마나 운용이었다.

"우와아아!"

"멋지다!"

알파급 타이탄으로 트롤을 맞상대해서 죽이는 모습을 관전한 사람들은 일제히 환호성을 질렀는데 얼마나 컸는지 대기가 진동할 정도였다.

"단장, 짜릿하고 감동적인 승리이기는 한데 저게 그렇게 대단한 것이오?"

타이탄이 위험한 상황에 몰렸다가 순식간에 트롤을 죽이는 모습에 자신도 모르게 환호성을 질렀던 드베르텡은 금방 진정하고 어느새 붉어진 얼굴로 소리를 지르던 리벨링에게 물었다.

"당연히 대단하지요! 알파급 타이탄으로는 트롤의 공격을 겨우 감당할 수 있을 뿐 놈을 죽일 능력이 없습니다!"

"저 라이더는 해냈는데?"

"적어도 수백, 아니 수천 시간의 라이딩을 경험한 라이더입니다. 본신의 실력도 익스퍼트 중급 이상이고요. 꼭 필요할 때 마나를 최대로 증폭시키는 운용술이 아주 인상적입니다. 뭐 타이탄 자체의 능력도 뛰어난 것 같습니다."

리벨링은 마지막에 아니테라의 타이탄에 대한 감탄을 숨기지 않았다.

"그렇게 차이가 납니까?"

"사실 인정하고 싶지는 않지만 아무리 마나를 증폭시킨다고 하더라도 우리가 생산한 타이탄은 저 라이더처럼 순식간에 10무 이상의 거리를 저렇게 빠르게 이동하는 건 불가능합니다."

리벨링의 대답에 눈매를 좁힌 사람들이 고개를 끄덕였다.

그들도 타이탄이 기동하는 모습은 숱하게 봤지만 기껏해야 제자리에서 도약을 하는 정도이지 10무나 되는 거리를 저런 식으로 이동하는 모습은 처음 봤다.

'확실히 아니테라의 타이탄이 우리 것보다 전력이 높은 것 같군.'

아무래도 자세한 제원은 다시 확인해 봐야겠지만 드베르 텡 자신이 봐도 아니테라의 타이탄은 움직임 자체가 달랐다. 그저 단순히 숫자로 15% 이상 높은 정도가 아니었다.

다른 곳으로 눈을 돌려본 드베르텡은 깜짝 놀랐다. 어느새 100여 마리에 달하던 트롤은 대부분 죽었거나 죽어 가고 있었다.

얼마 후 나머지 트롤들도 빠르게 정리가 되었는데 놈들을 상대한 타이탄 중에서 완파가 된 사례는 단 한 건도 없었다. 그만큼 알파급 타이탄들이 트롤을 압도했다는 강력한 증거였다.

그렇게 시연이 끝나는가 싶었는데 시끄러운 소음과 함께 거대한 나무들이 이리저리 쓰러지고 날아가면서 오우거 1마리가 달려오는 모습이 보였다.

"오우거다!"

사람들이 그렇게 외칠 때 아니테라 측에서는 전사 다섯 명이 타이탄을 소환한 후 탑승했는데 옆에는 장창 더미가 놓여 있었다.

"설마 알파급 타이탄 5기로 오우거를 상대하겠다고?"

사람들이 웅성거렸다. 오우거는 알파급 타이탄으로는 아무리 숫자가 많아도 상대할 수 없다고 확인된 최상위 몬스터였던 것이다.

"대체 어쩌려고?"

드베르텡이나 리벨링은 아니테라 측에서 타이탄을 홍보하기 위해서 무리를 한다고 여겼다. 그렇기에 자신들이 처리할 대상이면서도 한편으로는 안쓰러운 생각이 들었다.

'우리 열두 마녀가 장악한 타이탄 시장에 빠르게 진입해서 자리를 잡고 싶은 마음이 너무 앞섰군.'

그렇게 판단할 수밖에 없는 상황이었다.

다른 사람들의 생각도 세이블 마탑 사람들과 다르지 않았다. 상식적으로 알파급 타이탄 5기로 오우거를 사냥하는 것은 불가능했던 것이다.

하지만 상황은 그들의 예상과는 다르게 흘러갔다. 방패와 대검을 소지한 5기의 알파급 타이탄들은 생각 이상의 전투력으로 보여 준 것이다.

"어엇! 알파급 타이탄이 저렇게 오래 검기를 유지할 수 있다고?"

"미쳤다! 합이 환상적이야!"

"잘렸다! 오우거 아킬레스건이 잘렸어!"

"우와아아! 오금도 잘렸어!"

타이탄 5기는 탱커, 딜러의 구분 없이 빠르게 교대를 하면서 검기를 주입한 방패로 오우거의 강력한 일격을 흘리는 방식으로 타격을 최소화하는 한편 돌아가면서 오우거의 급소라고 할 수 있는 아킬레스건과 오금 부분을 집중적으로 공략했다.

오러 네일까지 발현한 오우거의 공격을 기껏해야 마나를 주입한 방패로 어떻게 견뎌 낼 수 있었는지는 이해가 가질 않았지만, 다섯 라이더는 한 명이 공격을 받을 때 나머지 네 명은 양쪽 다리의 같은 부위를 연속해서 공격했고 결국 오우거가 다리를 쓰지 못하도록 만들었다.

두 다리를 제대로 쓰지 못하는 오우거였지만 위험도가 크게 감소한 것은 아니다. 놈은 트롤만큼은 아니더라도 강력한 재생력을 가지고 있어서 다리를 쓰지 못하는 시간이 그리 길지 않았고 두 팔만으로도 체고가 겨우 5미터에 불과한 알파급 타이탄에 치명상을 입힐 수 있었다.

그때 더욱 놀라운 일이 벌어졌다.

한 명씩 차례로 뒤로 빠진 타이탄은 등에 메고 있던 봉을 풀어서 반원 형태로 휘더니 허리에 두른 허리띠를 봉의 양쪽에 연결했다.

"활이다!"

"그럼 저 옆에 쌓인 것은 창이 아니라 화살이네!"

그랬다. 타이탄이 활과 화살을 사용할 준비를 끝낸 것이다.

　그런데 타이탄 1기만 그런 것이 아니었다. 차례로 뒤로 빠진 타이탄들이 동일한 작업을 통해서 활을 만들었다.

　마침내 5기의 타이탄이 오우거를 중앙에 두고 화살을 발사했다.

　"오러 애로!"

　시위에 걸린 화살은 시퍼런 오러가 감싸고 있어서 마법으로 생성한 오러 애로와 비슷했다.

　그리고 그 화살들이 동시에 오우거를 향해 날아갔다.

　놀라운 동체 시력과 반응력을 보유한 오우거는 빠르게 상체를 돌리면서 오러가 발현된 거대한 화살들을 모두 쳐 냈지만 순간 거대한 폭발음과 함께 놈의 동체가 화염에 휩싸였다.

　꽈앙! 꽝! 꽝! 꽝! 꽝!

　끄왜애애액!

　"폭발시다!"

　오우거가 쳐 낸 거대한 화살이 폭발할 줄은 아무도 몰랐다. 거기에 100무 이상 떨어져 있는 사람들이 후끈한 열기를 느낄 정도로 강력한 열기를 동반한 화염을 만들어 낼 줄은 더욱 몰랐다.

　화염에 휩싸여 비명을 지르는 오우거는 순간 아킬레스건

과 오금이 잘린 것도 잊고 벌떡 일어났지만 그때는 이미 또 다른 화살들이 시위에 걸려 만월을 그리고 있었다.

이번에는 각기 다른 부위로 날아간 화살들은 연쇄적으로 폭발을 일으켰고 오우거는 이전보다 더욱 커진 화염에 휩싸여 드는 이로 하여금 움찔거리게 만드는 끔찍한 비명을 질렀다.

사람들은 타이탄들이 세 번째 폭발시를 곧바로 날릴 것으로 생각했지만 아니었다. 그들은 화염의 기세가 사그라들 때까지 기다렸다가 오우거의 동체가 드러나는 순간 세 발은 각각 눈과 이마를, 그리고 두 발은 심장을 향해 화살을 발사했다.

폭발하는 화살의 파편과 고열의 화염으로 인해 집중력이 완전히 풀려 버린 오우거는 더 이상 화살을 쳐 낼 능력이 없었다.

쿠웅!

이번에 쏜 화살은 폭발시가 아니었다.

결국 새까맣게 타고 곳곳에 뼈가 드러난 끔찍한 몰골로 급소 부위에 다섯 발의 거대한 화살이 꽂힌 오우거는 더 이상 움직이지 못하고 큰 소리와 함께 쓰러지고 말았다.

"미친놈들이네!"

침이 흘러나오는 것도 모르고 계속 입을 벌리고 있었던 리벨링이 겨우 정신을 차린 후에 내뱉은 말이었다.

"이건 사기입니다!"

"타이탄에 문제가 있다는 거요?"

"그게 아니라, 하아! 타이탄의 전력을 최대, 아니 그 이상
으로 끌어낼 수 있는 실력자들입니다. 적어도 익스퍼트 상급
에 사냥 경험이 엄청나게 풍부한 라이더라는 거죠."

"우리 전사단이나 타이탄으로는 저들처럼 할 수 없다고 이
해해도 되는 것이오?"

"그, 그건…… 어렵습니다. 베타급이라면 몰라도 알파급
으로는 불가능합니다."

아무리 긍정적으로 생각하고 싶어도 그건 불가능했다.

그런데 놀랄 일은 아직 끝나지 않았다.

사람들의 눈에 새로운 타이탄이 보였는데 체고는 물론이
고 동체가 알파급보다 훨씬 작았다.

그런 작은 타이탄을 소환한 전사의 수는 거의 200명에 달
했는데 곧바로 탑승하기 시작했다.

"저건 대체 뭐지? 새로운 타이탄인가?"

"미니 타이탄인가? 크기로 보면 영락없이 기가스네."

빠르게 커지는 웅성거리는 소리에 공연장 한쪽으로 시선
을 돌린 드베르텡과 리벨링의 눈이 튀어나올 듯 커졌다.

"기가스가 맞소?"

"체고로만 보면 그런 것 같습니다."

"아무래도 기가스를 타이탄으로 개량한 것 같군."

새로운 기가스는 종래의 그것과 결정적인 차이가 있었다. 일단 외형이 스켈레톤처럼 생긴 기존의 기가스와 달리 아니테라의 기가스는 타이탄처럼 강판을 두르고 있었다.

아직 기동하는 모습을 확인하지는 않았지만 결정적인 차이점이 더 있었다. 두 사람이 알고 있는 기가스는 버튼과 조이스틱으로 기동하는 데 반해서 알파급 타이탄을 축소시켜 놓은 것 같은 저 기가스는 라이더가 선 상태로 탑승했으며 전신 슈트가 전신을 감쌌다.

"알파급이나 베타급 타이탄처럼 기동하는 것이겠지?"

즉 동화 과정에 이어 전신에 밀착된 슈트를 통해서 라이더의 신경망을 확장해서 기동하는 것이다.

"조종실이 따로 없는 것을 보면 좀 다른 방식인 것 같습니다."

그제야 1천에 달하는 오크들이 달려오는 모습이 보였다. 아니테라 측은 이미 오크의 동향을 파악하고 미니 타이탄을 소환하고 기다린 것이다.

'하아! 전혀 새로운 기가스라니. 저것이 정말 기가스이고 타이탄처럼 기능한다면 우리 시티보다 훨씬 더 높은 기술력을 가지고 있는 거야!'

드베르텡의 얼굴이 딱딱하게 굳었다. 전용 아공간 카드나 구동원이 중급 마정석이라는 사실도 그를 경악하게 만들었지만 기가스를 타이탄으로 개조시킬 정도로 기술력이 현격하게 높다는 사실은 그에게도 엄청난 충격이었다.

기가스는 마나를 외부로 발현하지 못하는 이들을 위해 개발되었지만 몸으로 동작을 구현하는 것이 아니라 버튼과 조이스틱으로 움직이기에 대부분 큰 힘이 필요한 공사 현장에서 많이 사용된다.

애초 개발 목적은 익스퍼트 이하 전사들의 전투력을 높이기 위함이었지만 제원이나 기능 그리고 한정된 기동 시간으로 인해서 전투 상황에서 오히려 거추장스러운 존재가 되어 버렸다.

그런데 아니테라에서는 기가스를 알파급 하위의 타이탄으로 개조해 버렸다.

그때 기가스들이 일제히 오크들을 향해 마주 달려갔고 곧 부딪혔다.

"와아아아!"

참관대에 서 있는 수천 명이 일제히 환호성을 질렀다. 기가스로 보이는 미니 타이탄의 움직임이 알파급과 달리 마치 거인이 움직이는 것처럼 민활했기 때문이다.

미니 타이탄들은 비록 검기를 사용하지는 않았지만 놀랍도록 빠르게 움직이면서 오크의 글레이브를 라운드 실드로 쳐 내고 대검으로 머리를 부수고 심장을 박살 냈다.

"와아! 저 오크, 방어구도 제대로 갖춰 입은 것으로 봐서는 전사장 같은데 잘 싸운다!"

"기가스의 몸놀림이 아주 가볍고 빨라! 그냥 전사가 거대화 스킬을 사용한 것 같아!"

"그러고 보니 정말 전사를 두 배 정도로 키워 놓은 것 같아! 봐! 제대로 된 검술도 사용하잖아!"

숫자가 무려 다섯 배나 차이가 났지만 기가스는 정말 거대화 스킬을 사용한 전사처럼 능숙하게 검술을 시전해서 오크들을 압도하고 있었다.

1천여 마리의 오크는 채 1시간도 되지 않아서 대부분 도륙을 당했는데, 아니테라 측의 미니 타이탄의 피해는 놀라울 정도로 적었다.

오크 전사장은 되어야 미니 타이탄을 상대로 조금 버틸 수 있을 뿐 오크 전사들은 세 합도 지나지 않아서 목이 날아가거나 심장 부위에 커다란 구멍이 뚫려 죽어 갔다.

사람들은 미니 타이탄이 1시간이 넘는 시간 동안 처음처럼 빠르고 강력한 공격을 할 수 있다는 점에 감탄했다.

보아하니 미니 타이탄은 알파급과 달리 마나 증폭 기능은 없는 것 같지만 대신 기동 시간이 길고 동화율이 높은지 움직임이 빠르면서도 무척 자연스러웠다.

'익스퍼트가 아닌 전사들에게는 최고의 전략 무기다!'

참관하는 사람들 대부분은 그렇게 확신했다.

사람들이 이젠 말을 잃었을 때 시장과 나란히 서 있던 가온이 입을 열었다.

"본인은 아니테라 시티의 타이탄 전사단장인 온 훈이라고 합니다. 시연은 잘 보셨습니까?"

가온은 일부러 크게 소리를 내지 않았음에도 마나가 주입되어 바로 앞에서 말하는 것처럼 모두의 귀에 또렷하게 들렸다.

"네에!"

사람들이 아직도 상기된 얼굴로 일제히 대답했다.

"건설용 타이탄도 파는 겁니까?"

"나중에는 상단을 대상으로도 판매할 계획이 있지만 지금은 시티를 상대로만 판매할 생각입니다."

"그럼 기가스, 아니 새로운 타이탄도 판매하는 겁니까?"

"그 부분에 대한 얘기를 드리려고 합니다."

가온의 말에 언덕에 자리를 잡은 사람들이 일제히 입을 다물었다.

"우리 아니테라에서 개발한 기가스는 기존의 기가스와 달리 동화 과정을 거쳐 라이더가 움직이는 대로 기동합니다. 제원을 말씀드리죠. 체고 3미터, 출력은 본신의 네 배 이상, 동화율 최대 85% 이상입니다. 중급 마정석으로 가동할 수 있으며, 기동 시간은 라이더의 체력과 집중력에 좌우되지만 한 번 기동에 3시간 정도를 추천합니다. 출력이 룩스 단위가 아닌 것은 마나 증폭을 사용할 수 없으며 라이더의 신체 능력을 최대 네 배까지 발휘할 수 있기 때문입니다."

"그럼 라이더의 마나를 사용할 수는 있습니까?"

"당연합니다. 대신 마나는 증폭되지 않습니다. 그리고 오후에 열릴 경매에 올라올 알파급 타이탄의 제원은…….."

제원 등 알파급 타이탄에 대한 설명을 끝내자마자 손이 올라왔다.

"기가스도 경매에 나옵니까?"

"그렇습니다."

"그럼 기가스도 전용 아공간 아이템이 있습니까?"

"세트니 당연하지요. 최소 경매 시작가는 15만 골드이며 총 100기를 경매에 내놓을 예정입니다. 그럼 대충 정리가 된 것 같으니 여러분은 돌아가셔도 됩니다. 우리는 이제부터 던전 중심부로 가서 다른 오우거들과 보스인 블러디 오우거를 정리할 겁니다. 내일 경매장에서 뵙도록 하지요."

"베타급을 경매에 올릴 계획은 없습니까?"

"건설용 타이탄 계약은 어떻게 합니까?"

여러 질문이 쏟아졌지만 가온을 포함한 아니테라의 전사들은 던전의 안쪽을 향해 달려갔는데 그 속도가 놀라울 정도로 빨랐다.

사람들은 아니테라의 타이탄들이 던전을 끝까지 공략하는 모습을 지켜보고 싶었지만 너무 위험하기도 했고 이 참관대에서는 너무 멀어서 보이지 않는 터라 할 수 없이 하나둘 던전을 빠져나갔다.

라치온 시티로 돌아온 세이틀 시티의 네 수뇌와 메를렌 영애가 따로 자리를 가졌다.

"어떻게들 생각하시오?"

"건설용 타이탄이나 새로운 타입의 기가스도 그렇고 적대하거나 압박하는 것보다는 어떤 방식으로든 협력을 해야만하는 상대라고 생각합니다. 적어도 이곳에서 우리 전력으로는 상대할 수 없습니다."

드베르텡의 질문에 타이탄 전사단장인 리벨링의 대답이 바로 튀어나왔다.

그에 비해 정보국장 펠릭스는 굳은 얼굴로 뭔가 고심하고 있었는데 부국장인 레온이 열이 오른 얼굴로 입을 열었다.

"저 역시 전사단장님과 같은 의견이기는 하지만 상대와 붙어 보지도 않고 그렇게 결정하는 것은 영 마음에 걸립니다."

던전에서 선을 보인 아니테라의 타이탄은 알파급 100여기와 기가스 200여 기가 전부였다.

그에 리벨링이 코웃음을 치며 입을 열려고 할 때 이제까지 함께 움직이면서도 말이 거의 없던 메를렌이 입을 열었다.

"상대는 베타급 타이탄은 아예 소환하지도 않았어요."

"그래 봐야 베타급은 겨우 20기에 불과합니다."

그에 반해 자신들은 베타급만 무려 50기에 달하니 충분히 비벼볼 수 있다고 생각하는 것이다.

"흥. 그게 전부라고 누가 그래요?"

"그게 무슨 말입니까?"

기분이 상했는지 레온의 눈매가 서늘해졌다.

"다들 아시겠지만 전 상대가 하는 말의 진위 여부를 판단하는 능력을 가지고 있어요. 하지만 또 다른 능력도 있지요. 자세하지는 않지만 상대의 경지를 알아볼 수 있어요."

"그건 알고 있습니다."

"제가 상대의 경지를 알아볼 수 없는 경우는 소드마스터이거나 6서클 이상의 마법사에 해당해요. 그런데 오늘 전 상대의 경지를 파악할 수 없는 인물만 40여 명을 봤어요. 제 능력이 미흡해서 그들 모두가 소드마스터가 아닐 수는 있지만 그들은 모두 동일한 파장의 아이템을 소지하고 있었어요."

"……."

좌중이 조용해졌다. 지금 메를렌이 하는 말의 의미가 너무 중대했기 때문이다.

"그들 모두가 베타급 라이더일 가능성이 아주 높아요. 게다가 아니테라의 알파급 타이탄은 열두 마녀의 그것을 능가하는 전투력을 보여 주었어요."

"그거야 보여 주기 위해서 모종의 방법으로 타이탄의 출력을 높였을 가능성이 농후합니다."

"앞으로 계속 타이탄 경매를 할 것으로 추정되는데 굳이 그렇게 금방 들통이 날 일을 저지를까요?"

"그, 그건……."

레온의 얼굴이 일그러졌다.

"타이탄의 숫자가 문제가 아니에요. 온 훈이라는 전사는 소드마스터였어요. 단장님께서는 실례되는 말이지만 단장님보다 더 강자로 보였어요. 뒤쪽에 있는 이십여 명도 단장님과 비슷하거나 강한 것 같았고요."

"그건 메를렌 영애의 말씀이 맞습니다. 저 역시 그렇게 판단했습니다. 특히 온 훈이라는 자는 수백 무나 떨어진 곳에 있는 수천 명이 바로 앞이나 옆에서 말하는 것처럼 자신의 목소리에 마나를 담았습니다. 마나 운용이 극에 이르렀다는 증거입니다. 게다가 그들은 폭발하는 화살을 사용했는데 위력이 엄청났습니다. 우리가 비록 어지간한 시티 하나는 무너뜨릴 타이탄 전력을 보유하고 있다고는 하지만 아니테라 측과 붙는 것은 어리석은 짓입니다."

펠릭스의 말이 이어지자 레온의 얼굴이 흙빛이 되었다.

"메를렌 영애의 가정이 아니더라도 만약 그 이십여 명이 전부 소드마스터라면 설사 그들이 보유한 타이탄의 수가 우리보다 적다고 해도 우리 전력을 한참 압도합니다."

소드마스터가 달리 초인이 아니다. 이 자리에 있는 리벨링도 그렇지만 소드마스터는 본신으로 베타급 타이탄을 능히 부술 능력을 가지고 있었다.

만약 소드마스터가 베타급 타이탄 라이더라면 발휘할 수 있는 무위는 상상 이상으로 올라간다. 리벨링이 몬스터 브레이크가 발생할 때 보여 주었던 그런 능력을 발휘할 수 있는 것이다.

그런 자들이 이십 명이 넘는다고 생각하니 소름이 돋았다.

같은 타이탄이라도 라이더의 실력이 달라지면 전투력이 달라진다. 그래서 리벨링은 알파 타이탄 5기로 오우거를 사냥한 결과를 크게 받아들이지 않았다.

아니테라의 타이탄을 선전하기 위한 일종의 광고 행위로 여긴 것이다.

하지만 소드마스터가 타이탄 라이더라면 얘기 다르다. 자신만 해도 알파급 타이탄으로 충분히 베타급 타이탄을 압도할 수 있다.

'만약 그자가 혹시라도 나처럼 감마급 타이탄 라이더라면?'

이건 생각할 필요도 없었다. 그야말로 무쌍을 찍을 테니 말이다.

"후유! 맞네. 폭발하는 화살만 잘 사용해도 기가스로 충분히 알파급을 압도할 수 있네."

안 그래도 소름이 끼치는데 드베르텡의 말을 듣자 온몸의 털이 곤두서는 것 같았다.

"절대로 적대해서는 안 됩니다! 간을 보거나 시험을 해서 그들의 기분을 상하게 해서도 안 됩니다! 친구가 되고자 성심을 다해야 합니다! 그래야만 우리가 열두 마녀라는 굴레에서 벗어나 자존(自存)할 수 있습니다!"

펠릭스의 강한 주장에 드베르텡의 눈빛이 깊어졌다. 어떻게 처신할 것인지에 대한 결정권은 그가 가지고 있었기에 다들 그를 주시했다.

'제발! 제대로 된 판단을 내려야 해요!'

드베르텡이 숙고하는 모습을 지켜보는 메를렌은 속이 탔다.

세이틀 마탑

한참 후에야 드베르텡의 입이 열렸다.

"나 또한 펠릭스 국장의 생각과 같네."

드베르텡의 말에 레온을 제외한 사람들은 격하게 고개를 끄덕였다. 이제까지 해 왔던 대로 힘으로 누를 수 있는 상대도 아니었거니와 펠릭스의 말대로 자칫 사이가 벌어지면 다른 마탑이 선수를 칠 수도 있었다.

열두 마녀는 동맹 관계이기는 했지만 실상을 보면 내부 관계는 복잡했다. 그리고 세이틀 마탑은 열두 마녀 중에서는 가장 세력이 약해서 언제든 탈락할 수 있었다.

"라치온 시장에게 면담 자리를 주선하도록 부탁을 하겠습니다."

펠릭스의 말에 드베르텡은 고개를 끄덕였지만 표정은 좋지 않았다.

"그렇게 하게. 하지만 그들이 우리에게 좋지 않은 선입관을 가지고 있을 가능성이 아주 높네. 후유! 과연 거래를 받아들일지 모르겠군."

"저도 그 부분이 걱정됩니다. 우리가 그들에게 줄 것이 딱히 없습니다. 타이탄 관련 기술도 차원이 다를 정도로 높은 수준이니까요."

펠릭스의 말에 다들 동의했지만 레온은 아니었다.

"왜 없습니까? 아니테라 측에서 타이탄과 새로 개발한 기가스를 높은 가격에 판매할 수 있는 경매에 내놓는다는 것은 그들도 결국 돈이 필요하다는 것이니 그 부분을 공략해 보지요."

"돈이라……. 하긴 우리 마탑도 초창기에 콰드라스 카르도의 제안을 받아들이지 않았더라면 재정 악화로 파산했을 테니 아니테라 역시 비슷한 사정일 수도 있어."

돈이라면 어떤 시티보다 풍부한 세이틀이기에 다들 표정이 밝아졌다.

"하하하. 레온 부국장의 말이 맞는 것 같습니다. 저도 전임 국장님에게 들었는데 타이탄을 판매한 이후로도 거의 50년 동안 재정 문제로 골치가 아팠다고 했습니다. 이곳저곳에서 빌린 자금이 그야말로 천문학적인 수준이었으니까요."

"좋아. 우리의 의견이 맞춰진 것 같으니 바로 탑주님께 보고하도록 하지. 펠릭스, 자네는 경매가 열리기 전에 아니테라 측과 면담을 할 수 있는지 알아보도록 하게. 일단 건설용 타이탄은 꼭 구해야만 하네."

"알겠습니다!"

펠릭스는 기다렸다는 듯 밖으로 뛰어나갔다.

에보른 시티가 주축인 작은 영역에서 가장 규모를 자랑하는 아플리스 상단이 얼마 전 구입한 지부 건물 안쪽에 있는 지부장실에는 네 사람이 모여 있었다.

"어떻게 생각하나?"

"자금을 융통해서라도 기가스와 알파급 타이탄을 최대한 많이 구입해야 합니다!"

부리부리한 눈이 아주 인상적인 단주의 물음에 호위대장이 상기된 얼굴로 대답했다.

"제 생각도 마그누스 대장의 의견과 같아요. 특히 기가스는 효율이 무척 높을 것 같아요."

"전 건설용 타이탄이 욕심나지만 그건 시티를 대상으로만 판매한다고 하니 어쩔 수 없고 두 종의 타이탄은 무리를 해서라도 구입해야 한다고 생갑니다."

"좋아. 의견이 일치되었군. 회계부장, 알파급 타이탄의 예상 낙찰가는?"

"적을 가리지 않고 열리는 첫 경매에 배정된 물량이 30기나 되지만 그래도 참가자를 고려하면 60만까지는 감수해야 할 겁니다."

"흐음. 그럼 1기밖에 못 살 텐데. 너무 비싸."

"비싸도 충분히 역할을 할 겁니다."

오크 혼혈로 보이는 호위대장은 평생 동경해 왔던 타이탄을 잘하면 탈 수 있다는 생각에 도무지 흥분을 진정시킬 수가 없었다.

"미리엘은 어떻게 생각하니?"

"타이탄 경매는 포기하고 기가스에 올인하는 것이 좋을 것 같아요."

"이유는?"

"우리가 상행에서 주로 상대하는 마수와 몬스터가 울프와 고블린, 오크니까요. 3시간을 연속 기동할 수 있으며 익스퍼트가 아니더라도 라이더가 될 수 있는 기가스가 두세 기만 되면 더 이상 상행에서 발생하는 위험을 걱정하지 않아도 될 것 같아요."

미리엘의 대답에 단주와 회계부장은 곧바로 고개를 끄덕였고 호위대장은 잠시 생각을 하다가 눈을 한번 질끈 감았다가 뜨더니 천천히 고개를 끄덕였다.

자신이야 당연히 알파급 타이탄을 타고 싶었지만 상단의 입장에서 생각하면 기가스가 더 효용가치가 높다.

물론 트롤이나 오우거의 습격을 받을 수도 있지만 그런 경우는 전체의 1%도 되지 않는다. 그런 놈들과 조우했을 때는 이제까지 그래 왔던 수송용 말인 무를 한곳에 묶어 놓고 도망을 치는 것이 더 나았다.

"좋아. 우리 상단은 기가스 경매에만 전념한다. 최소가가 15만 골드이니 최소한 두 배는 생각해야 할 거야. 40만 골드를 한계로 잡고 그 이상이면 과감하게 포기한다. 기가스는 총 100기가 나오니 무리할 필요는 없어."

"다른 상단들과 한번 접촉을 해 보겠습니다."

"그래. 담합까지는 아니더라도 경매 분위기가 너무 과열되어도 다들 곤란할 테니까."

그렇게 아플리스 상단이 경매 전략을 세우고 있는 시각, 라치온 시티에 모인 수많은 시티, 용병단, 상단 관계자들 역시 경매 전략을 세우고 있었다.

———⋇———

다음 날 정오에 열린 경매 분위기는 뜨겁다 못해서 화재가 날 지경이었다. 적어도 50개는 되는 시티, 230개의 상단, 700개의 용병단이 참여했으니 당연한 결과였다.

"축하합니다, 온 훈 경!"

이번 경매를 주관한 박트 시장도 올라간 입꼬리를 내릴 수가 없었다. 경매 수수료만 해도 엄청났기 때문이다.

"축하는요. 이제야 파탄이 났던 시티의 재정이 좀 회복될 것 같아서 마음이 놓입니다."

"그런데 앞으로 기가스의 판매에 주력할 겁니까??"

"그건 아니지만 병행할 예정입니다. 알파급 타이탄 10기에 기가스 100기 정도 비율로요."

"하하하. 앉아서 이렇게 엄청난 돈을 버는 것 같아서 불편했는데 다음에는 손님맞이에 신경을 쓰겠습니다."

사실 라치온 시티도 이번 경매에 참가했다. 알파급 타이탄과 기가스 몇 기를 더 확보할 생각이었다.

하지만 일찌감치 포기할 수밖에 없었다. 알파급 타이탄의 평균 낙찰가가 무려 60만 골드에 달했다. 만약 기가스가 경매에 나오지 않았다면 더 높이 올라갔을 것이다.

알파급 타이탄만 그런 것이 아니다. 기가스급 타이탄 역시 경매 시작가는 15만 골드였지만 평균 낙찰가는 33만 골드까지 올라갔다.

만약 한 세력이 3기 이상 낙찰받을 수 없다는 규칙을 경매 직전에 발표하지 않았다면 낙찰가는 더욱 올라갔을 것이다.

불만이 없을 수는 없지만 그래도 타이탄과 기가스는 고루 배분되었다.

벼리와 모둔이 예상했던 대로 타이탄들은 시티와 대형 용병단들이, 기가스는 상단과 나머지 용병단들이 낙찰을 받았다.

희비가 교차하면서 당연히 불만을 가진 세력이 나왔지만 얼마 후 에보른 시티에서 알파급 타이탄 50기와 기가스 200기가 다시 경매에 나온다는 말에 불만이 밖으로 표출되지 않았다.

'아무튼 엄청난 돈을 벌었군.'

지금까지 타이탄 판매로 확보한 골드만 해도 엄청났다.

"온 훈 경, 다시 감사드립니다."

가온이 골드와 마나석 그리고 마정석이 가득 담긴 상자들을 모두 아공간 아이템에 집어넣는 것을 지켜보던 박트 시장이 감사한 마음을 전했다.

"서로 윈윈 해야지요."

"하하하. 맞습니다. 아무튼 온 훈 경 덕분에 시티의 경기가 그 어느 때보다 호황입니다."

박트 시장이 그냥 하는 소리가 아니다. 여관들이 두 배 가격을 불렀음에도 만실이 되었기 때문에 시티에서는 부족한 숙소 문제를 해결하기 위해서 시장 관사까지 내놓았을 정도라고 했다.

"다음 경매를 위해서 숙박 시설을 더 늘려야 할 겁니다."

"그것 때문에 물어볼 것이 있습니다."

"뭐든 말씀하십시오."

"경매 일정을 좀 알 수 있을까요?"

다음 경매는 가온이 직접 언급했으니 당연히 열리겠지만 그 이후의 일정은 확정되지 않았다. 그러니 라치온 시티 입장에서는 큰 자금이 투입되는 숙박 시설 문제를 확정할 수 없었다.

"한 달 간격으로 두 번 더 경매에 올릴 예정입니다. 물론 수량과 품목은 이번과 동일합니다."

"아아!"

탄성을 흘리는 박트 시장의 눈에 기쁨의 감정이 가득 찼다.

이번까지 합해서 총 세 번의 경매를 진행할 수 있는 것이다. 그것도 상단과 용병단이 참여하는 기가스와 타이탄 경매다.

"감사합니다. 그런데 세이틀 시티 측에서 면담을 하고 싶다는데, 어떻게 할까요?"

세이틀 시티가 언급되자 가온의 눈이 순간적으로 빛났다.

"오늘 일정은 잡지 않으셨죠?"

"네. 기동 교습과 건설용 타이탄 구매 건에 대한 면담은 내일부터 이틀간 진행될 예정입니다."

가온의 부탁을 받은 라치온 시티는 건설용 타이탄 구매를 원하는 의사를 피력한 시티 순으로 면담을 잡아 두었다. 물론 장소는 시청 귀빈실이었다.

"그럼 오늘 만나겠습니다."

열두 마녀 중 하나인 세이틀 시티라면 한번 시간을 낼 가치가 있었다.

'면담을 요청했다는 건 적대하지 않겠다는 뜻이겠지?'

만약 무력을 사용할 생각이었다면 이런 만남을 가지려고 하지 않았을 것이다.

시장실에서 만난 세이틀 시티 측 인물들의 태도는 예상과 달리 무척 호의적이었다.

'보통의 경우라면 반감 혹은 적대감을 품을 텐데…….'

전혀 아니었다, 이상할 정도로.

처음에는 적당히 상대를 띄워 주고 현 상황에 대한 얘기를 나누었는데, 생각 외로 세이틀 마탑의 인사들의 사고방식이 마음에 들었다.

게다가 화제도 차원 융합과 던전과의 관계 쪽으로 옮겨져서 더욱 흥미로운 자리가 되었다.

"현재 우리가 처한 상황은 당시 관리라는 이유로 사실상 던전을 방치했던 당시 제국과 왕국 들의 책임이라는 말에 절대적으로 동의하고 있소."

특히 세이틀 마탑의 부탑주라는 드베르텡은 일전에 팔탄에서 만난 네르손 마법사와 비슷한 생각을 하고 있었다.

"하지만 달리 생각해 보면 그들의 행동에도 타당한 사유가 있습니다. 특히 그 당시의 엄청난 인구에 비하면 턱없이 부족해진 광물자원은 물론, 자연 상태에서만 구할 수 있었던 마나석을 대체할 수 있는 마정석을 대량으로 구할 수 있었으니 던전을 나름 관리하면 될 거라고 생각했겠지요."

"그건 억지네, 정보국장. 그 당시의 마법사와 전사 전력이면 피해는 어쩔 수 없었겠지만 던전을 충분히 공략할 수 있었다고. 공략하지 않아 던전이 늘어나면서 등급이 더 높은 던전들이 빠르게 늘어났다는 마탑의 연구 결과도 있지 않은가."

전사단장은 부탑주와 비슷한 생각이지만 정보국장이라는 펠릭스의 의견은 달랐다.

'이렇게 손님 앞에서 다른 의견을 자연스럽게 내뱉을 정도의 분위기라는 거군.'

열두 마녀라고 해서 부정적인 선입견을 가지고 있었는데 세 사람이 자유롭게 자신의 생각을 밝히는 것을 보면 최소한 경직된 사회는 아닌 것 같다.

"그만하세요, 어찌 이 얘기만 나오면 그렇게 싸우시는지. 온 훈 경, 아니 아니테라 측은 이 건에 대해서는 어떻게 생각하세요?"

소개할 때를 제외하고는 입을 닫고 있었던 메를렌이라는 여인이 물었다.

직책이나 신분을 밝히지 않았던 그녀는 두 눈만 겨우 드러나는 특이한 면사로 얼굴을 가리고 있었는데, 세 사람의 눈치를 전혀 보지 않는 태도로 봐서 세이틀 시티 혹은 세이틀 마탑에서 꽤 높은 신분인 것 같았다.

내심 세이틀 마탑 측이 어떻게 나올지 긴장했던 가온은 대화가 자연스럽게 차원 융합과 밀접한 관계가 있는 던전 쪽으로 흐르자 마음이 편해졌다.

"저희 마탑에서도 그 부분에 대한 의견이 갈립니다. 다만 저는 던전에서 흘러나오는 일종의 에너지가 일정 수준을 넘으면 새로운 차원석이 생성되면서 다른 차원의 일정 공간을 끌어온다는 주장을 믿습니다. 그래서 일단 던전이 생성되면 최대한 빨리 소멸시켜야 한다는 쪽입니다."

"그쪽도 우리와 의견이 비슷하네요. 혹시 최초의 차원석에 대한 가설도 있나요?"

던전은 잠시지만 두 차원이 연결되었다는 증거다. 그리고 차원석은 던전의 근원이니 당연히 최초의 차원석도 존재할 것이다.

문제는 그 차원석이 이지(理智)를 가진 존재가 아니라는 점이다. 즉 인간인지 신인지 악마인지 알 수 없지만 누군가 의도적으로 다른 차원으로 이동시켰다고 보는 것이 상식이다.

"아뇨. 차원 융합의 시초에 대해서는 가설조차 나오지 않았습니다."

"그렇군요. 우리 마탑의 경우 오랫동안 막대한 자금을 들여서 수집한 유물 등 자료를 연구하는 과정에서 차원 융합에 대한 몇 가지 사실을 밝혀냈어요."

"경청하겠습니다."

결코 쉽게 들을 수 없는 귀중한 정보였다.

가온이 큰 기대감을 가지고 있는 얘기가 메를렌의 입에서 흘러나왔다.

"우리가 이제까지 파악한 던전 속 세상은 총 54곳이었어 요."

"그럼 이곳, 우리 차원과 융합된 타 차원이 54곳이나 된다 는 말입니까?"

가온의 질문을 들은 순간 메를렌은 머릿속에 벼락이 치는 것 같았다.

'그러고 보니 던전 속 세상이 동일하지 않았어.'

그녀는 물론 세이틀 마탑에서는 막연하게 동일한 차원의 다양한 환경을 가진 공간들이 이 세계에 융합되었다고만 생 각했었다.

메를렌이 생각에 빠진 것을 인지한 드베르텡이 서둘러 입 을 열었다.

"그렇소. 다만 환경과 서식하는 마수와 몬스터, 마기의 농 도 등을 고려했을 때 9곳은 이미 완벽하게 차원이 융합된 상 태였소."

"차원이 융합되었다는 의미를 귀측은 어떻게 정의하십니 까?"

"말 그대로요. 두 차원이 합쳐져서 완전하게 한 차원으로 변한 게지요. 원래라면 동일한 좌표에 수없이 존재하지만 상대를 전혀 인지하지도, 아무런 영향도 줄 수 없었던 이질적인 두 세계가 마기라는 에너지로 인해서 한 곳에 겹쳐서 존재하게 되는 현상을 차원 융합이라고 인지하고 있소."

그러니까 드베르텡이 말하는 차원은 물리적으로 멀리 떨어져 있는 다른 항성계나 은하계를 의미하는 것이 아니었다. 그보다는 동일한 좌표의 공간에 수없이 겹쳐진 세상이라는 의미의 차원 쪽에 가까웠다.

"제가 직접 공략한 던전 중에는 달이 하나만 존재하는 환경도 있었습니다. 동일한 좌표에 있다면 다른 천체가 존재할 수 없지 않을까요? 그래서 전 개인적으로 다른 차원은 아득히 멀리 떨어진 우주의 다른 행성이라고 생각해 왔습니다."

"뭐 그런 의견이 없는 것은 아니오. 하지만 우리 세이틀 학파에서 생각하는 차원이란 서로 다른 법칙에 따라 생성되고 소멸되는 세상이지만 수없이 겹쳐서 존재하며 세상을 구성하는 기본적인 에너지가 상이해서 다른 세상을 인지하지 못하는 공간이오."

가온은 드베르텡의 말을 들으면서 지구의 어떤 과학자, 혹은 종교에서 비슷한 주장을 한 것 같다는 생각이 들었다.

"우리는 정기적으로 다른 마탑들과 정보 교류를 하고 있는데 이런 얘기도 나왔소. 던전은 공략이 가능하지만 이렇게

던전이 늘어나면 나중에는 그중 일부가 영구적으로 고정이
될 수도 있다는 주장이었소. 즉 두 차원 간에 일종의 길이 생
기는 것이오."

그 순간 가온은 '포탈'이라는 단어를 떠올렸다.

'말이 돼!'

던전이야 공략해서 소멸시킬 수 있지만 두 차원을 연결하
는 통로에 해당하는 포탈은 다를 수 있었다.

가온은 포탈에 대한 얘기를 더 듣고 싶었지만 드베르텡은
별로 의미를 두지 않는지 더 이상 그에 대해서 언급하지 않
았다.

그 이후 뭔가 굉장한 얘기가 나올 것으로 기대했지만 그렇
지는 않았다.

"이제 본론을 얘기해 봅시다."

드디어 세이틀 시티의 입장을 듣게 되었다.

"우리의 제안은 두 가지요. 하나는 기술 협력으로 감마급
타이탄 설계도와 아니테라의 기가스 설계를 맞바꾸자는 것
이오."

"본 시티는 이미 감마급 타이탄 개발에 성공한 상태입니
다."

"그럴 거라고 생각은 했었소."

드베르텡도 거기까지는 예상한 모양이다.

"하지만 양산에 어려움을 겪고 있는 것 같소만."

"솔직하게 말하면 알파나 베타급처럼 완벽한 것이 아닙니다. 열두 마녀 측도 마찬가지 상황이라고 알고 있습니다만."

가온의 말에 드베르텡이 고개를 끄덕여 순순히 인정했다.

사실 감마급이 완벽했다면 지금보다 훨씬 더 많은 감마급이 풀렸어야 정상이다. 그렇지 않기에 감마급을 쉽게 판매하지 않는 것이다.

"미흡한 부분을 채우고 개량하는 데 천문학적인 자금과 인력을 투입해야 하는데 재원이 부족합니다."

"그래서 타이탄을 판매하는 것이구려."

드베르텡은 가온의 말에 동질감을 느낀 듯 그렇게 말했다.

"그럼 두 번째 제안을 하리다. 건설용 타이탄과 기가스 타이탄의 설계도를 제공받는 대신 판매 수익의 절반을 귀측에 지급하는 것은 어떻겠소? 계약금 조로 귀측이 충분히 만족할 수 있는 대금을 준비하겠소."

사실 탑주와 통신을 하면서 드베르텡은 첫 번째 제안은 아니테라에서 받아들이지 않을 거라고 거의 확신했다.

그렇기 때문에 세이틀 마탑이 진짜 제안하려는 건 두 번째 내용이다.

가온은 바로 대답을 하지 못했다. 상당히 매력적인 제안이었기 때문이다.

계약금이 얼마나 될지는 알 수 없지만 설계도만 제공하는 것치고는 나쁘지 않은 조건이다. 아니, 이상할 정도로 아니테라 측에 일방적으로 유리한 제안이었다.

드베르텡의 제안을 들은 가온은 내심 세이틀 마탑이 현재 타이탄을 생산하는 데 말할 수 없는 어려움이 있다는 사실을 대략 짐작할 수 있었다.

"만약 우리가 그 제안을 수용할 경우 세이틀 시티의 생산 량은 한 달을 기준으로 얼마나 될까요?"

"설계도를 연구해 봐야 알겠지만 본 마탑에서 현재 생산하고 있는 타이탄을 포기하면 기가스의 경우 월 1천 기는 가능할 것 같소. 건설용 타이탄은 너무 생소한 분야라 시간을 들여서 연구를 해야 할 것 같고."

생각보다 생산량이 많았다.

'우리 아니테라에는 사람이 너무 없어.'

생산 라인을 증설하는 것이 문제가 아니라 유지하는 것도 문제다.

알름이 말은 안 했지만 아니테라 전역을 자신의 감각 영역으로 끌어들일 수 있는 모둔은 타이탄 제조창에서 근무하는 이들의 불만 사항을 수시로 체크하고 있었다.

제조창에서 일하는 이들은 주로 손재주는 물론 창의력까지 높은 모라이족 사람들과 다방면에 재능이 많은 엘프족이다.

그들은 숙련이 될수록 자신이 하고 있는 일이 단순 작업으로 변해서 근로 의욕이 떨어진다는 것과 고도의 집중력이 필요한 작업이기 때문에 체력은 물론 심력이 크게 소모되어 피곤하다는 점이다.

'만약 생산 부분을 세이틀 시티에 맡기면 우리 아니테라에서는 우리만의 타이탄 개발에 더욱 전념할 수 있어.'

하지만 가온은 돈을 벌기 위해서 타이탄을 생산하는 것이 아니다.

"열두 마녀는 타이탄을 판매할 수 있는 영역이 있다고 들었습니다. 맞습니까?"

"맞소."

"세이틀 시티의 영역 안에 있는 시티가 얼마나 됩니까?"

"한 번이라도 우리 시티에서 타이탄을 구입한 시티는 모두 315개요."

가온은 내심 크게 놀랐다. 아이테르 차원이 지구나 탄 차원에 비해서 크다고는 생각했지만 열두 마녀 중 한 곳이 타이탄을 판매한 시티의 숫자가 그 정도나 되다니 놀랄 수밖에 없었다.

'가만! 그럼 아직 타이탄을 구입하지 않은 시티도 있다는 거네.'

생각해 보니 여우성도 타이탄을 보유하지 않았었다. 그런 시티는 자금력이 부족한 것인지 아니면 타이탄 없이도 존속할 수 있을 정도의 전투력을 보유한 것일 터다.

만약 세이틀 마탑이 한 제안을 받아들인다면 타이탄과 기가스의 생산량이 크게 늘어난다. 알파급 타이탄은 몰라도 기가스는 대략 1년 정도면 300개가 넘는 시티가 오크 던전 정도는 충분히 공략할 수 있는 전력을 보유할 수 있었다.

아마 기존의 보유량까지 고려한다면 6개월 정도면 충분히 시티 밖으로 진출할 수 있는 전력을 보유하게 된다.

문제는 세이틀 시티에서 정치적인 입장을 고려하지 않고 고루 배분해서 판매할 것이냐 하는 것과 가온이 정한 방침과 달리 기가스를 시티에만 판매할 가능성이 높다는 점이다.

'한곳으로 쏠려 버릴 가능성도 무시할 수 없지.'

사실 열두 마녀도 처음에는 타이탄을 원하는 시티에 고루 배분해서 판매했다고 한다. 하지만 자금이나 재료 공급과 관련된 문제로 인해서 편향된 판매 방식으로 바뀌었고 지금에 와서는 쌓인 적대감으로 인해서 척지게 된 시티들도 많았다.

그런 시티들은 열두 마녀와 직접 거래를 하지 못하고 다른 시티를 통해 웃돈을 주고 타이탄을 구입해야만 했다.

'설계도를 제공하고 수익의 절반을 받는 조건에 더해서 타이탄과 기가스를 고루 배분해서 판매하는 것으로 바꿔 달라고 하면 어떻게 나올까?'

대답은 자명했다. 그런 조건으로는 계약을 하려고 하지 않을 것이다. 타이탄 판매를 통해서 오랫동안 쌓아 온 영향력이 사라질 것을 우려할 테니 말이다.

가격도 낮추려고 하지 않을 것이다. 최소한 이번 경매의 평균 낙찰가로 판매하려고 할 것이다.

문제는 지금이야 새로운 유형의 타이탄과 기가스에 열광해서 자금력을 가진 상단과 용병단들이 대거 경매에 참여해서 낙찰가가 높아졌지만 앞으로는 자연스럽게 내려갈 수밖에 없었다.

아니테라의 입장에서는 이득이 많은 제안이지만 신중하게 검토를 해야만 했다.

'어쩌면 강화된 타이탄 전력으로 마수와 몬스터를 사냥하거나 던전을 공략하는 것보다 인근 시티를 공격하는 시티들이 나올 수도 있어.'

인간이라는 종의 탐욕을 고려하면 충분히 가능한, 아니 확실하게 일어날 일이다.

'팔탄처럼 타이탄을 생산할 충분한 역량을 갖춘 마탑들이 더 나와서 경쟁을 해야 해!'

일단 공고하게 다져진 열두 마녀 체제를 무너뜨릴 필요가 있었다.

짧지만 충분히 고심한 가온이 마침내 입을 열었다.

"짐작하시겠지만 결코 쉽지 않은 거래입니다."

"그럴 것이오."

드베르텡 역시 아니테라 측이 쉽게 자신들의 제안을 받아들일 거라고는 생각하지 않았던 모양이다.

"다만 몇 가지 조건을 받아 준다면 시티에서도 긍정적으로 검토할 것 같습니다."

"뭐든 말씀해 보시오."

생각 외로 드베르텡은 적극적이었다.

"일단 건설용 타이탄의 경우에는 시티를 대상으로 판매해도 상관없지만 기가스의 판매 방식은 경매로 해 주십시오. 물론 대상은 오늘처럼 시티는 물론 상단, 용병단 그리고 자유 전사나 용병 개인까지 포함되는 경매입니다."

"흐음. 그건……."

바로 대답을 하지 못하는 것을 보면 기존에 시티에만 판매하던 관행에서 벗어나는 데 여러 가지 문제가 얽혀 있음을 알 수 있었다.

"일단 마탑과 연락을 해 보고 말씀드리겠소. 그럼 다른 조건은?"

"세이틀이 주도해서 시티 연합체를 결성해 주십시오."

차원 의뢰를 빨리 완수하려면 지금처럼 시티들이 독립적으로 움직이는 것보다 연합체를 결성해서 의견을 모으고 함께 움직이는 것이 중요했다.

연합체라는 단어가 언급되자 드베르텡은 물론 잠자코 듣고 있던 나머지 사람들의 안광이 강렬해졌다.

특히 조용히 듣고만 있던 메를렌 영애의 눈빛이 묘하게 변했다.

기가스 설계도

"으음. 예전에 연합체 결성을 시도한 적이 있지만 시티들의 소극적인 태도와 반발로 무산된 적이 있소."

드베르텡은 간접적으로 부정적인 의사를 밝혔다.

가온은 상대의 태도에도 불구하고 이들을 반드시 설득하고 싶었다. 그래야 차원 의뢰를 빨리 완수할 수 있으니 말이다.

"그때와는 다를 수도 있습니다. 물리적으로 멀리 떨어져 있을 경우라면 그럴 수도 있지만 건설용 타이탄을 통해 거리가 하루 이틀 정도로 가까워지면 당연하게 지역 협의체가 만들어질 수밖에 없습니다. 그리고 이전에 세이틀 시티가 시도했던 연합체 결성이 실패한 이유는 명확합니다. 손에 쥔 것을 놓지 않으려는 태도 때문이지요."

"그게 무슨 말이오?"

뭔가 다른 생각을 하고 있던 드베르텡의 주의가 다시 돌아왔다.

"타이탄만 생각하고 말을 해 보지요. 상품이란 다양해야 합니다. 그래야 자신의 자금에 맞추어서 구입을 할 수 있습니다. 그런데 열두 마녀가 생산하는 타이탄은 표식만 다를 뿐 가격이나 제원이 동일합니다."

가온의 말에 드베르텡은 할 말이 없었다. 새로운 타이탄의 개발보다는 수익을 유지하는 데만 급급해 온 것은 사실이다.

지금까지 열두 마녀가 지켜 왔던 독점 시장은 굳이 새로운 타이탄을 개발하는 데 천문학적인 자금과 인력을 투입할 필요가 없었다.

그 독점 체제를 지키기 위해서 열두 마녀는 경쟁자로 부상할 것 같은 시티가 나오면 어떻게든 말려 죽이는 행동을 수없이 되풀이해 왔다.

"무엇보다 원한다고 구입할 수도 없습니다. 흔히 정치력이라고 말하는 또 다른 수단이 추가로 필요합니다."

드베르텡은 내심 부끄러움을 느꼈다. 자신 역시 그런 폐해와 부정적인 결과를 인식했지만 바로잡으려는 행동을 하지 않았던 것이다.

"그런고로 수많은 마탑들이 타이탄 개발에 엄청난 자금과 인력을 쏟아붓고 있습니다. 아마 그 자금과 인력을 지금까지 시티의 안전이라는 목표에 쏟아부었다면 시티들은 지금보다는 훨씬 더 안전한 환경이 되었을 겁니다."

사실 세이틀 시티도 그런 내용을 잘 알고 있었다.

"타이탄 생산과 판매 그리고 정보 누출에 과도하게 신경을 쓰지 않았다면 열두 마녀는 진즉에 전용 아공간 아이템이나 감마급을 대량생산 할 수 있었을 겁니다."

그 또한 맞는 말이다. 마탑 아니 시티의 예산 중 상당 부분이 그 부분에 투입되고 있는 상황인 것이다.

"연합체를 만들고 타이탄의 판매 과정을 공정하고 투명하게 하자고 하는 이유가 그 때문입니다. 중복으로 들어가는 자금이나 인력이 너무 아까우니까요. 무엇보다 타이탄보다 더 강력한 힘을 갖춘 마법사들이 자기 계발이나 마법 연구 대신 타이탄 제작이나 정비에 아까운 시간과 노력을 허비하고 있습니다."

"후유! 맞는 말씀이오."

드베르텡은 가끔 자신이 마법사인지 행정관인지 헷갈릴 때가 있었다. 마법 연구에 전념해야 할 자신이 수익이나 예산 편성, 시티별 타이탄 배정 등 경제, 정치적인 사안에 매달리고 있다는 자각 때문이었다.

"지금 말씀드린 조건을 받아들이시겠습니까?"

"당연히 신중하게 검토를 하겠지만 사실 좀 어렵소."

시간을 둘 수도 있지만 드베르텡은 바로 대답을 했다. 마탑 아니, 이젠 시티 수뇌부로 재력과 권력의 맛에 취한 동료들이 이런 조건을 받아들일 리가 없었기 때문이다.

경매 방식이야 수익성을 극대화하는 것이니 받아들일 수 있지만 대상을 시티가 아니라 상단, 용병단, 자유 전사에게까지 확대하는 내용은 받아들이지 않을 것이다.

'우리 시티가 손에 쥐고 흔들 수 없는 연합체 결성도 받아들이지 않겠지.'

영인의 후예인 시장은 다른 생각을 할 수도 있지만 권력과 재력에 취한 탑주를 포함한 대부분의 마법사들은 그런 영양가 없는 단체를 설립하느라고 공을 들일 필요가 없다고 생각할 것이 틀림없었다.

사실 드베르텡은 40년 전에 가온과 비슷한 생각으로 시티 연합의 창설을 주장했지만 탑주와 다른 수뇌들은 제대로 논의도 하지 않고 거부했던 것이다.

무슨 생각을 하는지 고개를 푹 숙이고 있는 메를렌은 모르겠지만 양옆에 있는 펠릭스와 리벨링의 표정을 보면 딱히 다른 의견을 가진 것 같지는 않았다.

"안타까운 일이군요. 안 그래도 이런 반응을 예상한 원로들이 많았는데……."

"그래도 아니테라 시티와 우리 시티는 협력할 수 있는 길이 있을 겁니다. 일단 우리와 손을 잡으면 다른 열두 마녀의 압력에서 벗어날 수 있습니다. 참고로 말씀드리면 다른 마탑들은 우리와 달리 아주 호전적입니다. 타이탄 전력은 물론 영역부터가 우리의 두세 배에 달하거든요. 그들은 경쟁자가 될 가능성이 있다고 판단하면 전력을 투입해서 완전히 폐허로 만듭니다."

가온이 실망하는 기색을 보이자 드베르텡 대신 펠릭스가 나서서 변명하듯 말했다.

"세이틀 시티가 그런 곳이 아니라서 다행입니다. 사실 우리도 이번 경매에 앞서 공격이 있을 것으로 예상하고 시티의 전력 대부분을 근처에 포진해 둔 상황입니다."

드베르텡을 포함한 네 사람은 가온의 담담한 말에 머리카락이 쭈뼛 솟았다. 상대의 자신감 아니, 확신을 느낄 수 있었기 때문이다.

'하긴!'

반나절도 안 되어 블러디 오우거가 보스인 상급 던전을 공략해 버린 타이탄 전력이나 전혀 예상하지 못했던 기가스만 보더라도 아니테라의 전력이 어느 정도인지 대충 알 수 있었는데, 그 전력이 자신들을 압도할 거라는 건 충분히 예상할 수 있었다.

'섣불리 손을 쓰지 않길 잘했네.'

모르면 몰라도 참관을 했던 이들 중에 아니테라의 타이탄 라이더들이 다수 섞여 있었을 거라는 생각이 들었다.

"협력이라는 말이 나와서 말인데 이런 상황을 상정하고 다른 대안을 마련했습니다."

연합체 결성에 대한 세이틀 시티의 입장을 확인한 가온은 미리 마련해 둔 대안에 대해 언급했다.

"어떤 대안이오?"

"이틀 전에 시티에서 새로운 지시가 내려왔습니다. 역량이 되는 시티에는 타이탄은 몰라도 기가스의 설계도를 적당한 대가를 받고 넘기는 문제를 두고 진지하게 검토를 하고 있으니, 수요에 대해서 조사를 해 보라는 내용이었습니다."

"그, 그게 정말입니까?"

네 사람의 눈이 커졌다. 이미 기득권을 가지고 있는 세이틀 시티 입장에서는 정말 엄청난 변화를 몰고 올 수 있는 태풍이나 다름없는 결정이라는 생각이 들었기 때문이다.

'기가스라도 알파급 타이탄보다 훨씬 더 다양한 효용가치를 가지고 있으니 난리가 나겠군. 게다가 독점도 아니고.'

지금 당장 네 사람의 머릿속에 떠오른 생각은 하나밖에 없었다. 무력으로 상대를 압도하지 못하는 것이 현실이라면 기가스의 설계도를 확보해야 한다는 생각이었다.

"모든 시티가 기가스의 설계도를 구입하려고 할 텐데 우리 시티도 대상이 됩니까?"

펠릭스가 마른침을 삼키며 물었다.

"이미 생산 능력을 보유한 세이틀 시티야 최우선 고려 대상이지요."

군이 세이틀 시티를 배제할 이유가 없었다. 아니 세이틀 시티라면 기가스를 더 빨리 그리고 대량으로 생산해서 주위 시티에 판매할 것이다.

"그럼 설계도에 대한 대가는 1회성입니까? 아니면 판매가의 일부를 받는 방식입니까?"

"그 부분에 대한 언급은 없었지만 제 개인적인 생각으로는 판매가의 일부를 받는 방식은 안 될 것 같습니다. 우리 시티의 입장에서는 귀 시티가 기가스를 얼마나 생산하고 판매하는지 자세하게 알 수가 없습니다. 그것을 확인하기 위해서 파견할 인원도 부족하고요."

"우리는 그런 치졸한 짓은 하지 않습니다!"

타이탄 전사단장이라고 자신을 소개한 리벨르가 그렇게 소리를 높였지만 드베르텡과 펠릭스는 수긍한다는 듯 고개를 끄덕였다.

사실 아니테라에서 따로 사람을 파견한다고 해도 마음만 먹으면 얼마든지 조작할 수 있었다.

"이미 말씀드렸지만 지금 제가 하는 얘기는 수요에 대한 조사에 해당합니다. 기가스의 설계도를 원하는 시티들이 내놓을 보상의 내용을 시티로 알리면 가부와 함께 구체적인 대상 시티의 조건을 결정해서 알려 줄 겁니다. 그러니 귀측의 보상을 먼저 얘기해 주십시오. 기한은 사흘입니다."

기가스 설계도의 가치를 정확하게 알 수 없으니 일단 상대가 결정하도록 공을 넘겼다. 이것이 현재 가온이 할 수 있는 최선의 수였다.

"알겠소. 진지하게 고민한 후에 알려 드리겠소."

"그런데 어디에서 머무를 생각이신가요?"

벌써 고민하기 시작한 드베르텡의 답에 이어 펠릭스가 물었다.

"근처에 전사단의 숙영지가 있기 때문에 해가 지면 나갔다가 동이 트면 돌아와서 이곳에서 다른 시티들과 면담을 할 겁니다."

타이탄과 기가스의 기동과 정비에 관련된 교습은 이제 아이테르 공용어를 유창하게 구사할 수 있게 된 라이들이 맡을 것이다. 자신은 건설용 타이탄 구매 건만 처리하면 된다.

"그렇군요. 저희가 머무르는 숙소에 빈방이 있어서 결정된 곳이 없으면 함께하고 싶어서 물어봤습니다."

"마음만 받겠습니다. 여러분에게 말씀드린 일 때문에 시티를 오가야 해서 말입니다."

오전에 이미 텔레포트 마법진을 봤기에 세 사람은 가온의 말을 선선히 수긍했다.

그렇게 전쟁을 각오했던 세이틀 시티와의 면담은 다소 맥 빠지게 끝이 났지만 얻은 것은 아주 많았다.

다음 날부터 가온은 면담을 요청한 시티와 미팅을 하는 일 정을 이틀에 걸쳐 소화했다.

면담한 시티들은 한 곳도 예외 없이 건설용 타이탄을 구매 하고 싶다는 의사를 밝혔고 계약이 이루어졌다. 물론 타이탄 은 에보른에서 예정된 경매일 전날에 거래를 하기로 했다.

한 시티당 20분이라는 시간이 주어졌기에 그 이후에는 당 연히 타이탄 판매에 관련된 청탁이 들어왔지만 그건 깔끔하 게 거절한 후 타이탄 개발에 대한 역량을 알아보기 위한 내 용을 물어봤다.

그렇게 대화를 통해서 기가스 생산 역량이 충분하다고 판 단한 시티는 모두 여섯 개였다. 물론 세이틀 시티의 판매 권 역에 있는 모든 시티를 대상으로 선정한 것은 아니다.

세이틀 시티를 포함해서 일곱 시티의 대표들을 불러 모은 가온은 이전에 세이틀 시티와 얘기했던 내용을 말해 주고 보 상에 대해 고민한 후 알려 달라고 제의했다.

당연히 해당 시티는 뛸 듯이 기뻐했다. 아직 확정된 것도 아니고 의견을 수렴하는 단계라지만 이번 시연회에서 확인 했듯 효용성이 무척이나 높은 기가스를 생산할 수 있는 기회 를 잡은 것이나 다름없었다.

타이탄은 아니지만 시티 입장에서 어떤 면에서는 더 효용 가치가 높은 기가스를 생산해서 자체 전력을 강화할 수 있을 뿐 아니라 주위 시티를 대상으로 판매해서 막대한 자금을 축적할 수 있으니 시티의 발전에 큰 도움이 될 것이다.

경매가 끝나고 사흘이 지나자 건설용 타이탄을 포함한 타이탄 기동 및 정비에 대한 교습이 끝났다.

여유가 생기자 가온은 세이틀 시티를 포함한 일곱 개의 시티로부터 기가스의 설계도에 대한 보상 내용을 들을 수 있었다.

가온이 얘기한 대로 판매 방식은 경매로, 그리고 판매 대상을 시티뿐 아니라 상단, 용병단, 자유 전사, 개인 용병에게까지 확대하는 조건을 받아들였음은 물론이다.

'돈이 가장 많군.'

기가스의 설계도를 넘긴다는 것은 아니테라 측이 더 이상 기가스를 제작하지 않는다는 의미이니 당연히 철괴나 후판과 같은 재료는 없었다. 그리고 무엇보다 액수가 상상 이상이다.

'1억 골드라니!'

기가스의 평균 낙찰액이 33만 골드 정도라는 점을 고려하면 대략 303대에 해당하는 거금이었다.

그런데 한편으로 생각하면 그리 성에 차지 않기도 했다. 만약 가온이 이 아이테르 차원 사람이라면 이 정도 보상을 받고 기가스 설계도를 넘기지는 않을 것이다.

게다가 일곱 시티 모두 액수가 비슷했다. 명백한 담합의 증거였다.

'담합을 해도 상관없어.'

가온은 그 부분을 부정적으로 생각하지는 않았다. 저들도 기준을 잡기가 힘드니 서로 의논을 하다가 자연스럽게 담합을 하게 되었을 테니 말이다.

그런 결과로 나온 금액이 1억 골드인데 절대로 낮은 수준은 아니었다.

'그 밖에는 1억 골드에 상당하는 황금과 각종 금속 괴를 제시한 시티도 있고 팔탄 시티는 2억 골드에 상당하는 매직 아이템을 제시했지.'

2억 골드에 상당한다고 해도 판매가 기준이니 1억 골드 이하라고 보면 되니 역시 비슷한 액수였다.

마지막으로 세이틀 시티가 내놓은 보상은 조금은 특별했다.

'타이탄 전용 무기들이라……'

그것도 마법이 인챈트된 무기들이었다, 판매가 기준으로 무려 3억 골드에 해당하는.

'드워프제 무기가 더 좋기는 하지만 우리 장인들이 무기를 만들지 않는 것만으로도 생산 효율이 높아지니 받아들여야겠어.'

게다가 무기들은 모두 소모품이라서 많이 비축해 두고 싶었다.

가온은 세이틀 시티가 내건 보상의 내용 일부를 수정했다.

타이탄 대신 기가스가 쓸 수 있는 무기로 바꾼 것이다. 당연히 크기와 무게가 다르니 수량은 크게 늘어났다.

"일단 시티로 여러분의 대답을 전하겠습니다. 참고로 본 시티에서도 이 문제를 두고 격렬한 대립이 있기 때문에 설사 판매하는 것으로 결정이 된다고 하더라도 결정될 때까지는 적어도 두세 달이 걸릴 겁니다."

설계도를 판매한다고 해서 아니테라 측에서 더 이상 이득을 못 취하는 것은 아니다. 전용 아공간 카드에 대한 기술은 넘기지 않을 생각이니 말이다.

전용 아공간 카드의 가격은 대략 10만에서 15만 골드이니 기가스를 생산할 시티들을 대상으로 전용 카드만 판매해도 충분한 수익을 올릴 수 있었다.

기가스의 설계도를 판매하는 문제는 세이틀 마탑의 영역이 아니라 열두 마녀의 영역에 있는 시티들을 대상으로 확대할 예정이기 때문에 시간이 필요했다.

'최대 석 달 동안 해결할 수 있을지는 알 수 없지만 최선을 다해 보자.'

그렇게 화기애애한 분위기에서 진행된 미팅이 끝나기 전에 가온은 부탁을 하나 했다.

"혹시 시티에서 파악한 던전에 대한 정보가 있으면 공유해 주셨으면 좋겠습니다. 기한은 이틀입니다."

대상 시티들은 한시라도 빨리 거래를 하고 싶어 했지만 가온 측이 절대적인 갑이었기에 재촉하지는 못하고 이유는 알수 없지만 가온이 요구한 던전에 대한 정보를 수집하기에 바빴다.

시티 입장에서는 거부할 수 없는 부탁이었다. 어차피 방치하고 있는 던전이 대다수였으니 말이다.

해가 지면 아니테라로 건너가서 아침이 될 때까지 전사, 마법사들과 함께 기동훈련을 하면서 전력을 극대화시키는데 주력했다. 마법사들이 합류했기 때문에 적절한 합공을 위한 훈련이 필요했기 때문이다.

이제 일반 전사들에게까지 기가스가 보급되어서 그런지 사기도 높아졌을 뿐 아니라 전력도 한층 강화되었다.

비록 마나를 증폭해서 사용할 수는 없지만 기가스는 본신보다 몇 배나 강력한 전투력을 사용할 수 있도록 해 주었다.

그렇게 나날이 높아지는 타이탄 전력에 만족한 가온은 마침내 일곱 개의 시티로부터 부탁했던 던전의 정보가 들어오자 미뤄 왔던 일을 시작하기로 했다.

'이제부터 본격적으로 던전을 공략해야겠군.'

모둔은 가온이 건네준 정보 내용을 토대로 일종의 제안서를 전사단에 전달했고, 전사단의 수뇌들은 등급에 맞도록 전력을 조정하고 있었다.

'그 전에 일단 자세한 위치부터 확인하자.'

마누의 도움을 받든지 나인테일을 이용하든 제대로 공간

이동 능력을 쓰기 위해서는 직접 위치를 확인해야만 했다. 좌표만 확실하면 곧바로 공간 이동을 할 수 있지만 시티들이 정확한 좌표를 파악한 던전은 거의 없었다.

이제 라치온 시티에서 할 일을 모두 마친 가온은 다음 경매일에 맞추어 방문하겠다는 말을 전하러 시장실을 찾아갔는데, 뜻밖의 인물을 만나게 되었다.

"소개할 사람이 있습니다."

시장의 말에 안으로 들어간 가온은 생소한 인물이 차를 마시고 있었다는 사실을 파악했다. 그는 가온이 들어오자 자리에서 벌떡 일어나더니 허리를 굽혔다.

"온 훈 경을 만나고 싶어 세 번의 텔레포트를 감수한 라파엘 용병길드의 길드장 베렐입니다."

텔레포트는 쉬운 것이 아니다. 육체는 물론 정신에도 강한 부하가 걸리기 때문에 소드마스터 정도가 아니면 연속해서 세 번이나 텔레포트를 할 수도 없었다.

그건 그만큼 상대가 자신을 꼭 만나고 싶어 한다는 사실을 의미했다.

"방금 소개받은 베렐입니다. 만나 뵙게 되어 영광입니다!"

박트 시장보다 조금 더 연배가 있는 것으로 보이는 베렐은 수인족이 아님에도 가온보다 머리 하나가 더 큰 키에 곰처럼 우람한 근육질의 육체를 가진 강인한 인상의 중년 사내였다.

"아니테라의 온 훈입니다. 견문이 부족해서 라파엘이라는 이름은 처음 듣는군요."

이번에 시티들과 계약을 하면서 적어도 세이틀 시티의 영역에 대해서는 확실하게 알 수 있었는데 그 안에는 없었다.

"헤비온 시티에 있습니다. 총 마흔다섯 곳의 지부를 두고 있지요."

"헤비온은 레가쉬강의 중류에 위치한 준메가시티로 수로를 통한 상업과 무역업이 발달했으며 강변의 기름진 땅 덕분에 물산이 풍부하고 특히 거대한 타우림 광산지대를 끼고 있어서 무구 산업이 크게 발달했습니다. 당연히 무구를 취급하는 수많은 상단과 용병단의 본부가 자리하고 있습니다."

가온이 들어 보지 못한 듯 살짝 눈살을 찌푸리자 박트 시장이 추가로 설명을 해 주었다.

"세이틀 시티의 영역이 아니군요."

국가가 아니라 시티 단위의 체제인 아이테르 차원이지만 보통 총 12개 권역으로 분류하는데 타이탄을 생산, 판매하는 일명 열두 마녀가 그 중심이다.

그렇다고 제국과 번국과 같은 관계는 아니고 타이탄을 빌미로 영향력을 발휘하는데 다들 타이탄에 목을 매는 상황인 만큼 상당한 위세를 가지고 있었다.

"그렇습니다. 저희 시티는 남색 머리칼의 자매라는 이명을 가지고 있는 라이오넨 시티의 영역입니다."

불과 얼마 전에 알게 된 사실인데 열두 마녀에 해당하는 시티들은 각각 이명을 가지고 있는데 세이틀 시티의 경우 보라색 얼굴의 자매라는 이명을 가지고 있다고 했다. 물론 왜 그런 이명이 붙었는지는 관심이 없었지만.

"그쪽의 사정은 어떻습니까?"

"시티들이 타이탄을 구하려고 난리인 것은 이쪽과 동일합니다. 아니, 더 난리입니다. 세이틀은 미운 놈에게도 가끔 떡을 나눠 주는데 라이오넨은 예쁜 짓을 하는 시티에만 판매를 하니까요."

역시 열두 마녀라는 악명에 어울리게 타이탄을 가지고 갑질을 하는 모양이다.

"박트 길드장에게 새로운 기가스 타이탄에 대해서 들었습니다. 중급 마정석이 구동원이며 익스퍼트가 아니라도 탑승할 수 있고 3시간이 연속 기동할 수 있다고요."

역시 용건은 기가스였다.

"덩치가 작고 마나 증폭 기능이 없지만 대신 동화율이 아주 높고 기동 시간이 길어서 익스퍼트가 아니라도 노련한 전사나 용병 들이 활용하기에 아주 적합한 녀석입니다."

"기가스에 대한 소식을 듣고 곧바로 움직였습니다. 혹시 헤비온 시티, 아니 저희 길드에서도 경매를 열어 주실 수 있겠습니까?"

"경매를요?"

"네. 저희 길드 소속의 용병단을 대상으로요. 타이탄은 바라지도 않습니다. 기가스만으로도 충분합니다."

기가스만 경매에 내놓는다면 라이오넨 시티에서도 마냥 적대적인 입장을 취하지 않을 거라는 생각이 들었다.

"기가스에 대한 소문을 들으면 다들 몰려들 겁니다. 수량이 얼마가 되던지 최저 낙찰가는 35만 골드까지 보장하겠습니다."

잠깐 생각하던 가온은 고개를 끄덕였다.

'안 그래도 어떻게 시작할까 고민하던 참인데 잘됐네.'

지금처럼 시티가 주관하는 것이 아니라 용병길드가 주관한다면 시티의 영향을 최소화할 수 있다.

"좋습니다. 그렇게 하지요. 그런데 시간이 좀 필요합니다. 이쪽에 풀 물량 때문에 말입니다."

사실 물량은 별로 문제가 되지 않는다. 그보다는 그쪽 상황을 따로 알아보기 위한 시간이 필요했다.

"그야 당연히 저희가 기다려야지요."

처음 봤을 때부터 긴장을 하고 있었던 베렐의 안색이 그제야 환해졌다.

"나중에 바뀔 가능성도 있지만 일단 보름 후에 경매를 여는 것으로 하지요. 일주일 전까지는 정확한 가부 여부를 통신을 통해 알려 드리겠습니다."

가온의 대답에 베렐이 크게 기뻐했다.

"감사합니다. 그런데 기가스의 설계도를 일부 시티에 넘 긴다는 얘기를 들었는데 그것도 사실입니까?"

가온은 내심 혀를 차면서 박트 시장을 쳐다봤다. 이건 아 직 당사자들만 알고 있는 극비 정보였다.

벌게진 얼굴로 가온의 시선을 피하는 시장의 모습을 보니 어떻게 알았는지 기가스의 설계도 거래에 대한 얘기를 베렐 에게 말한 모양이다.

"확정된 것이 아니라 조사차 진행하고 있는 일입니다. 타 이탄은 몰라도 기가스 정도는 충분히 생산할 역량을 가진 시 티들을 대상으로 기가스를 경매로, 그것도 대상을 가리지 않 고 판매한다는 조건을 걸었고 그들이 수용해서 현재 본 시티 의 수뇌부에서 검토를 하고 있는 중입니다. 아직 결정되지 않은 일이기에 만약 이 정보가 퍼진다면 본 시티는 계획을 아예 백지화시킬 겁니다."

"죄송합니다. 베렐은 믿을 만한 친구이기에 말한 것이지 어느 누구에게도 발설하지 않았습니다."

가온의 차갑고 단호한 말에 얼굴이 하얗게 질린 박트 시장 이 벌떡 일어나서 허리를 깊이 숙이며 사과했고 베렐도 덩달 아 사과를 했다.

"저는 사람이 안심하고 살 수 있는 세상을 위해서 우리 시 티가 적어도 기가스의 설계도는 세상에 내놓아야만 한다고 생각하지만 오랜 기간에 걸쳐 천문학적인 자금과 막대한 연구 인력이 투입된 만큼 설계도를 판매하는 것이니만큼 본 시티에서도 반대 여론이 커서 결정이 되려면 적어도 3개월은 걸릴 것으로 예상하고 있습니다."

"그런 사정이 있는 줄은 몰랐습니다. 다시 한번 사과드립니다."

가온의 설명을 들은 박트 시장은 새삼 자신의 경솔함을 자책했다. 내심 라치온 시티가 기가스의 설계도 판매 대상이 아니라는 점 때문에 섭섭했었는데 생각 이상으로 복잡한 문제가 얽혀 있었던 것이다.

"그런데 혹시 거래의 예상 대금을 알 수 있을까요?"

베렐이 조심스럽게 물었다.

"일단 선정된 시티들은 1억 골드, 혹은 그에 상응하는 아이템을 걸었습니다만 시티에서 어떻게 받아들일지 모르겠습니다."

1억 골드라는 말에 두 사람의 입이 떡 벌어졌지만 금방 수긍을 했는지 고개를 끄덕이더니 베렐이 조심스럽게 입을 열었다.

"그렇다면 저희 헤비온 시티에도 거래를 할 기회를 주실 수 있겠습니까?"

"아직 확정된 것도 아니거니와 그쪽 시티나 권역에 대한 정보가 전혀 없어서 지금 이 자리에서는 결정을 내릴 수 없습니다."

"그 부분에 대해서는 저희 길드가 도움을 드릴 수 있을 것 같습니다."

"도움을 주신다면 사양하지 않겠습니다."

안 그래도 제대로 된 정보가 없어서 이 고생을 했는데 라이오넨 시티의 영역은 비교적 쉽게 타이탄과 기가스를 보급할 수 있을 것 같았다.

베렐은 이삼일 정도 시간을 주면 헤비온 시티는 물론이고 라이오넨 시티가 영향력을 발휘하는 권역의 시티에 대한 상세한 정보를 전해 주겠다고 약속했다.

"그럼 한 가지만 더 부탁하겠습니다."

"뭐든 말씀하십시오."

"라파엘 길드의 영향력이 미치는 영역에 있는 고등급 던전의 정보가 필요합니다."

"설마 던전을 공략하실 생각입니까?"

가온은 고개를 끄덕였다. 굳이 숨길 이유가 없었다.

"여유가 없어서 공략하지 못하고 있었을 뿐 아니테라 시티가 던전을 공략한다면 저희 길드는 물론이고 시티들도 크게 환영할 겁니다. 알겠습니다."

그렇게 베렐과의 얘기를 마친 가온은 시청을 빠져나와 적당한 곳에서 아니테라로 넘어갔다.

던전 공략

시간대가 달라서 이제 막 아침 시간인 아니테라로 건너간 가온이 향한 곳은 전사단 본부 정문 앞이었다.

이제 열두 개로 늘어난 타이탄 훈련장과 연무장에는 식사를 마치고 훈련에 앞서 몸을 푸는 전사들로 가득했다.

가온은 멀리에서도 그를 발견하고 가슴이 주먹을 쥔 오른손을 대는 경례를 하는 전사들에게 손을 흔들면서 빠른 걸음으로 본부 건물로 향했다.

"헤루스!"

훈련을 시작하려고 했는지 건물 밖으로 나오던 시르네아가 가온을 발견하고 날 듯이 달려왔다.

"보름 만이군. 훈련은 잘되어 가나?"

"네! 전사들도 기가스에 완벽하게 적응했어요. 초급 전사들도 기가스를 타면 오크 3마리 정도는 무리 없이 상대할 수 있어요."

초급 전사라면 마나로 육체 능력을 높일 수 있는 신강(身强) 단계였다. 그 정도면 오크 1마리를 겨우 상대하는 실력이었다.

"다들 수고했군."

"이제 본격적으로 던전을 공략하나요?"

"그러자고."

차원 의뢰를 받은 후 아이테르 차원에서도 꽤 시간이 흘렀으니 아니테라의 시간 기준으로는 굉장히 오래 기다렸다.

막 본부 건물 안으로 들어가려는 순간 가온의 왼쪽 옆에 홀연히 모둔이 나타났다. 공간 이동을 한 것이다.

"온 랑!"

"공회당에 있을 시간 아니었어?"

"막 도착했는데 온 랑이 보고 싶어서요."

"후후후. 잘 왔어. 들어가자고."

"네, 온 랑!"

가온의 오른쪽에 붙어서 걷던 시르네아는 그렇게 말하면서 자연스럽게 팔짱을 끼며 몸을 밀착하는 모둔에게 부러움이 가득한 눈길을 보냈지만 이내 정신을 차렸다.

'부럽다!'

시르네아는 요즘 들어서 자신의 정체성을 의심하는 때가 종종 생겼다. 원래 하이엘프는 감정이 없다고 할 정도로 무심한데 날이 갈수록 가온에 대한 감정이 강해지고 뜨거워지는 것을 자각한 것이다.

'엘프족의 안정된 미래를 위해서라도 헤루스의 마음을 얻어야 하는데…….'

경쟁자가 아레오나 아나샤라면 충분히 자신이 있었지만 모둔에게는 자신이 없었다. 그녀는 인간이라는 종 자체를 뛰어넘는 미모와 매력은 물론 능력까지 갖추고 있었기 때문이다.

'아마 헤루스도 모둔 님의 능력을 다 모르고 계실지도 몰라.'

짧은 수련, 그것도 바쁜 생활을 하면서 틈틈이 수련한 것만으로 이미 익스퍼트가 되었고 마법의 경지는 그 이상이 된 모둔이다. 인간을 초월한 미모부터 시작해서 몸매나 능력까지 너무 엄청난 수준이라서 도무지 경쟁심이 생기지 않았다.

'그래도 나라면 세 황비 타이탄 중 하나를 탈 자격이 있다고 말해 주었지.'

얼마 전, 모둔이 그녀에게 다른 이들은 모르는 사실을 알려 주었다.

가온이 고대의 황제를 위해 준비된 타이탄의 주인이며 세 황비를 위해 준비된 세 타이탄이 더 있다는 사실을 말이다.

물론 그중 1기는 자신의 것이라고 했다.

　세 타이탄은 마법사용이 아니라 전사용이라서 시르네아라면 충분히 하나를 받을 수 있을 거라는 얘기였다.

　그 얘기는 자신이 모둔과 같은 자리에 앉을 수 있으며 모둔이 은근히 밀어주겠다는 사실을 시사해 주는 것이니 시르네아가 기대하지 않을 수 없었다.

　'하아! 명색이 하이엘프인데 이렇게 감정에 얽매일 줄은 몰랐네.'

　그렇다고 싫은 것은 절대로 아니다. 누군가를 이렇게 깊이, 그리고 뜨겁게 사랑할 수 있다는 사실 하나만으로도 충분히 행복하다고 느끼니 말이다.

　'물론 헤루스가 내 사랑을 알아주고 받아 주면 더할 수 없이 행복하겠지만…….'

　조금 앞서 걷고 있는 가온과 모둔의 다정한 모습을 보는 시르네아의 눈에는 보통의 엘프들에게는 볼 수 없는 감정의 빛들이 연거푸 떠올랐다가 사라졌다.

　가온은 이제 막 어둠의 장막을 걷어 올리기 시작한 아이테르 차원으로 건너왔다. 그리고 마누의 도움을 받아서 이번에 던전에 대한 정보를 받은 테비뉴 시티로 향했다.

　테비뉴 시티 인근으로 공간 이동을 한 가온은 마누를 제외한 나머지 정령들을 모두 소환했다.

'각자 맡은 방향에 있는 던전을 찾아 줘. 보스가 오르크나 트롤인 던전이야.'

거래의 전제 조건으로 받은 던전의 위치 정보는 정확하지 않았다. 던전을 전문적으로 공략하는 사냥꾼이나 용병 들이 별로 없었거니와 시티들이 대부분 오랫동안 던전을 공략하지 않았기 때문이다.

그래도 몬스터 웨이브 때문에 입수한 던전에 대한 정보는 지속해서 파악하고 있었기에 다행이었다.

그렇게 카오스와 녹스, 마누, 카우마가 미리 대충의 위치를 전달받은 상태에서 맡은 방향으로 흩어지자 투명날개를 장착한 가온은 순식간에 하늘로 날아올랐다.

미리 보내 둔 정령들이 던전의 정확한 위치를 파악하면 곧바로 그쪽으로 날아가서 던전을 차례로 방문했다. 그리고 미리 정해진 전사들을 소환해서 던전으로 들여보냈다.

이번에 동시다발로 던전들을 공략하기 위해서 전사단과 마법사단을 합해서 총 38개의 부대를 편성했다. 대전사장이 38명이었기 때문이다.

'시간이 좀 더 있었다면 맞춤형 전력을 파견할 수 있었을 텐데.'

가온이 고른 던전은 최소 트롤이나 오르크 등급의 보스가 서식하는 곳들로 안전을 위해서 차고 넘칠 정도의 전력을 편성했다. 그러니 인명 피해는 최소화할 수 있지만 덕분에 공략하기로 한 던전의 숫자가 제한적이었다.

그래도 이전보다는 훨씬 적은 인원으로 던전을 공략할 수 있었다. 이 모두가 타이탄 덕분인데 마법사 전용 타이탄이 보급되면서 전력이 한층 더 급상승했다.

그렇게 38개의 던전에 전사들을 밀어 넣은 가온은 정오 무렵이 되어서야 이름 모르는 산의 암봉 위에 도착해서 겨우 휴식을 취했다.

'구름이 많이 껴서 다행이네.'

나무는커녕 풀조차 자라지 않는 암봉이라 날이 좋을 때는 햇볕이 따가워서 이렇게 앉아 있을 수도 없었지만 오늘은 날이 흐리고 바람이 좀 불어서 오히려 시원하게 느껴졌다.

'다들 잘하겠지?'

전사 전원이 기가스를 포함한 타이탄 라이더인 데다가 마법사들도 포함되었으니 큰 걱정은 하지 않아도 될 것 같았다.

'다들 명예 포인트 때문에 너무 적극적인 점이 조금 걸리기는 하지만 다들 잘하겠지.'

전사들이 사냥보다는 던전 공략을 선호하는 이유는 명예 포인트 때문이다. 던전을 공략하면 적든 많든 포인트를 획득할 수 있고 포인트로 갓상점에서 자신의 부족한 부분을 채워 줄 수 있는 아이템이나 스킬을 구입할 수 있었다.

'400개 정도만 공략하면 세이틀 시티의 영역은 조금은 안

전해지겠지?'

공략하기로 결정한 던전의 숫자는 413개. 모두 트롤과 비슷한 등급의 보스가 있거나 오크와 같은 대규모의 마수나 몬스터가 서식하는 곳이다.

반복해서 생성되는 던전의 경우 첫 공략이 가장 어렵다. 서식하는 마수나 몬스터에 대한 정보도 부족하고 보스의 전투력이 가장 높기 때문이다.

그렇게 던전을 공략하면 다시 생성되는 던전의 경우 공략 난이도 눈에 띄게 떨어진다.

'그 정도는 충분한 기가스 전력을 갖춘 이곳 시티들이 충분히 공략할 수 있을 거야.'

물론 최상급에 해당하는 마수나 몬스터 혹은 마족이 보스인 S급 던전 열두 곳은 남겨 두었다. 전사단 전력을 한꺼번에 투입해서 공략할 생각이었다.

그런 생각을 하면서 모둔이 준비해 준 도시락을 꺼내 먹고 있을 때 뭔가 쎄한 느낌이 들었다.

무의식중에 하늘을 올려다본 가온은 고공 위에서 선회하고 있는 와이번 5마리를 볼 수 있었다. 4마리는 크게, 그리고 1마리는 작게 원을 그리고 있었다.

'젠장!'

하마터면 큰일이 날 뻔했다. 와이번에 작게 원을 그리고 선회하는 것은 지상의 목표를 노리고 화살처럼 수직으로 내리꽂는 동작을 취하기 직전에 하는 행동이었다. 즉 자신이 놈들의 목표가 되었다는 의미다.

물론 공격을 받기 직전에 정령들이 감지하고 알려 주었을 테지만 그래도 와이번에게 기습을 받는 것은 위험했다.

'레드, 블루, 퍼플, 나와!'

반사적으로 테이머 전용 아공간을 열고 플라위스 세 보스를 소환했다.

이제 막 날개를 접고 가온을 향해 수직으로 내리꽂히려고 했던 와이번은 물론이고 크게 선회하던 다른 와이번들은 갑자기 나타난 생소한 비행 마수를 보고 행동을 멈추었다. 본능적인 경계심 때문이었다.

'와이번들을 사냥해!'

명령을 받은 세 플라위스는 바닥을 박차고 맹렬한 기세로 날아올랐다. 그 거대한 몸집에도 불구하고 강력한 날갯짓으로 거의 수직에 가깝게 날아오르는 것이다.

꾸아아아앗!

순식간에 와이번과 같은 고도로 상승한 플라위스들은 피어와 함께 흉포한 기세를 마음껏 방출했다.

플라위스의 몸집이나 날개는 와이번보다 훨씬 더 컸지만 세 보스는 거의 두 배에 달할 정도로 압도적이었는데 그런 놈들이 마음껏 살기를 방출하니 와이번들이 바들바들 떨 수밖에 없었다.

지능이 높은 마수나 몬스터는 상대를 대하는 순간 본능적으로 상대의 강약이나 위험도를 파악할 수 있었다. 물론 상급 이상의 마수나 몬스터는 워낙 공격성이 높고 투기가 강해서 오히려 상대에게 달려들지만 그건 전의(戰意)를 증폭시키는 피어를 내지른 후에나 가능한 일이다.

날개에 실린 힘이 너무 강력해서 마치 순간 이동을 하는 것처럼 빠르게 비행할 수 있는 플라위스 보스들은 아직 전의를 가다듬지 못한 와이번을 향해 날아가서 순식간에 놈들의 작은 머리통을 발톱으로 붙잡아서 단숨에 부숴 버렸다.

끼애애액!

남은 두 마리가 혼비백산해서 각기 다른 방향으로 도망을 치려고 했지만 플라위스들이 그냥 두고 볼 리가 없었다. 예의 그 빠른 비행으로 삽시간에 접근해서 날개를 잡아 뜯는 것으로 두 놈을 추락시켰다.

두 와이번은 어떻게든 날갯짓을 하려고 했지만 균형을 잡지 못하고 빙글빙글 돌다가 어느 순간 빠르게 암봉에 추락했고 더 이상 하늘을 날 수 없게 되었다.

'그러고 보니 비행 마수와 비행 마수가 서식하는 던전은 내가 다 처리해야겠네.'

타이탄과 기가스가 널리 보급되면 전사나 용병 들이 육지나 물에서 서식하는 놈들을 사냥하겠지만 비행 마수는 사냥하기가 힘들다. 지능이 높은 놈들이라 오늘처럼 구름 속에

숨어 있다가 미처 타이탄을 탈 시간적인 여유도 주지 않고
공격을 감행할 테니 말이다.

'이참에 이 녀석들에게 한동안 자유를 주어야겠군.'

가온은 어느새 추락한 와이번의 사체에서 심장과 간을 꺼
내 먹은 후 마정석을 챙기는 세 플라위스를 보며 생각을 굳
혔다.

'이제부터 각자 무리를 데리고 인간에게 위험한 비행 마수
들을 사냥해! 대신 열에 하나만 먹어라. 그리고 멀리 벗어나
지는 말고.'

세 보스의 지능이 아주 높기는 하지만 구체적인 거리는 이
해하지 못하니 이 정도면 된다.

－알겠다!

－신난다!

－나는 주인 곁에 남겠다!

블루와 레드는 사냥을 할 수 있다는 사실에 크게 기뻐했지
만 퍼플의 반응은 달랐다.

'퍼플, 무슨 일이 있니?'

플라위스, 그것도 보스의 경우 원래 지능이 높아서 의사소
통이 가능했지만 이런 식으로 자신의 의사를 적극적으로, 그
리고 명확하게 밝힌 적은 없어서 신기했다.

－아니다. 사냥보다는 주인 곁에 있는 것이 더 좋다.

'좋아. 그런데 네가 이끄는 무리는?'

─암컷이 나 대신 이끌 거다.

퍼플의 암컷이라면 가슴 털이 연노란색인 녀석이다. 세 보스 다음으로 몸집이 큰 녀석들 중 하나로 퍼플만큼이나 강하니 무리를 이끌어도 별문제는 없을 것 같았다. 레드 일족은 동쪽, 블루 일족은 서쪽, 퍼플 일족은 남쪽을 맡겼다.

'좋아. 일단 모두 꺼내 줄 테니 내 명령을 전하고 사냥을 시작해!'

전용 아공간에서 나온 플라위스들은 잠시 주위를 확인하고 정신을 차린 후 보스들의 명령에 따라 세 방향으로 흩어졌는데 퍼플 일족은 멀리 가지 않고 근처 상공을 날면서 목표를 찾기 시작했다.

가온은 카오스와 녹스에게 블루 일족과 레드 일족을 따라다니면서 마정석과 사체를 챙겨 달라고 부탁했다. 그냥 놔두면 장기와 마정석을 다 먹어 치워서 구울로 활용할 수가 없었다.

'이럴 때는 앙헬이 최고인데.'

앙헬은 이미 진화를 마쳤지만 본신 곁에 붙어서 일을 돕고 있어서 아쉽지만 그냥 놔두기로 했다. 이곳은 정령들만으로 충분했으니 말이다.

그렇게 플라위스들이 움직이자 가온의 관심은 퍼플에게 쏠렸다.

'퍼플, 왜 내 곁에 있겠다고 했는지 말해 봐.'

진화를 거듭한 퍼플은 플라위스들 중 가장 영민했다. 가온은 녀석의 지능이 10대 초반의 인간과 비슷할 거라고 생각하고 있었다.

　그런 퍼플이 나이가 들어서 노쇠해진 것도 아니고 사냥에 싫증이 난 것도 아니니 다른 이유가 있을 것이다.

　ㅡ나도 강해지고 싶다!

　가온이 소환할 때를 제외하고는 시간이 멈추는 아공간에 들어가 있으니 암컷이 알을 낳을 시간조차 없다는 것은 일리가 있다. 하지만 후자의 경우 좀 이해가 가질 않았다.

　'너 지금도 굉장히 강해. 다른 녀석들도 그렇고.'

　그냥 하는 소리가 아니었다. 퍼플은 와이번 보스는 물론 오우거 보스도 단독으로 사냥할 수 있을 정도니 사람으로 치면 소드마스터 상급 이상의 강자라고 봐도 될 정도다.

　ㅡ아니다. 주인이나 정령들에 비하면 아무것도 아니다. 아니, 그것보다 주인과 항상 같이하는 다른 부하들은 모두 우리보다 훨씬 더 빠르게 강해진다. 부럽다. 나도 더 강해지고 싶다. 주인과 같이 있으면 나도 더 빨리 강해질 것 같다.

　다른 플라위스들과 달리 퍼플은 소환될 때마다 가온과 정령들은 물론 전사들의 변화를 유심히 관찰해 온 모양이다.

　"그건……."

　비록 퍼플이 조류의 한계를 벗어난 영민함을 갖추고 있지만 저간의 사정을 설명해 준다고 이해할 것 같지가 않았다.

사실 퍼플 정도가 되면 수련이나 실전을 통해서 성장하는 건 한계가 있다.

그렇다고 자신처럼 성장할 수 있는 것도 아니다. 가온이 한계를 쉽게 돌파할 수 있었던 이유는 바로 시스템 때문이다. 그리고 전사들의 경우에는 갓상점을 이용할 수 있기 때문이고.

'아니, 생각해 보면 정령들은 시스템이나 갓상점이 아니더라도 빠르게 성장하고 있어.'

계급의 한계를 벗어나는 것이 거의 불가능한 정령계의 정령과 달리 가온의 정령들은 빠르게 성장하는 것이 맞다.

카오스부터 시작해서 벌써 몇 번이나 진화를 했고 모둔의 경우에는 인간의 육신을 완벽하게 구현했고 가온에게 사랑받는 완벽한 여자가 되었을 정도였다.

그건 가온이 정령들이 수시로 성장에 도움이 되는 비약을 선물하고 함께하면서 성장에 필요한 경험을 할 수 있도록 해 준 영향이 컸다.

하지만 플라위스들은 보통은 전용 아공간에서 가사 상태로 지내다가 필요할 때만 소환하기 때문에 성장에 필요한 시간과 경험이 절대적으로 부족했다.

'내가 실수를 했군.'

정령들과 플라위스들은 어느 일방이 파기 의사를 밝히는 것만으로도 해제가 되는 계약을 맺은 아니테라의 주민들과 달리 절대적인 귀속 계약을 했다.

그런데 플라위스가 비행 마수라고만 생각하고 성장할 기회를 주지 않은 것은 가온의 실수가 맞았다.

'그리고 영혼이 이어진 정령들과 플라위스들은 그 어떤 상황에서도 나를 배신하지 않지만 아니테라의 주민들은 다르지.'

오래 산 것은 아니지만, 현실은 물론 예지몽을 통해서 인간의 추악한 면을 꽤 많이 보고 겪었다.

아무리 개인의 신념이 강해도 가족의 목숨이 걸리게 되면 은인도 배신하는 것이 인간이다. 물론 가온도 그럴 수밖에 없다고 인정하고 있고.

사실 자신의 왕국이나 다름없는 아니테라를 위해서 엘프족, 모라이족, 나가족, 스노족을 계약 형식을 통해서 받아들였고, 자신이 원하는 대로 열심히 아니테라를 가꾸고 자신을 돕고 있지만 계약 자체가 너무 느슨해서 떠나려면 언제든 떠날 수 있었다.

그렇다고 자신이 그들에게 호구가 된 상황이라고는 생각하지 않지만, 정령들과 플라위스들에게도 더 신경을 써야 할 것 같았다.

'퍼플, 정말 지금보다 더 강해지고 싶은 거야?'

-생각해 보니 그냥 강해지는 게 아니라 성장하고 싶은 거다.

가온은 퍼플이 말하는 성장이 진화라는 사실 정도는 파악하고 있었다.

－더 성장하면 나도, 우리 일족도 인간과 비슷해질 수 있다!

'인간과 비슷해진다고?'

설마 플라위스가 인간과 비슷한 존재로 진화를 하고 싶어 할 줄은 꿈에도 상상하지 못했기에 놀랄 수밖에 없었다.

그런데 그 말을 되뇌다 보니 머릿속에 '조인족'이 떠올랐다. 순혈 엘프나 드워프처럼 전설처럼 회자되는 존재이기는 하지만 조인족에 대한 목격담은 수없이 많아서 실재실재한다고 알고 있었다.

게다가 얼마 전에는 던전의 보스인 하피와 그리핀이 조인족과 비슷하게 진화한 모습과 더불어 커플로 보이는 모습까지 봤다.

'그럴 수 있다는 건 어떻게 알았어?'

－어느 순간부터 내 머리가 깨이면서 더 성장하면 그렇게 될 수 있다는 사실을 알 수 있었다.

가온이 이해할 수 있는 근거는 아니지만 머리가 깨인다는 표현은 아마 영성을 획득했다는 의미일 텐데 퍼플은 직감의 영역에서 어떤 확신을 가지게 된 것 같았다.

'가만! 수인족!'

아이테르 차원은 아주 다양한 수인족이 존재한다. 심지어 웨어울프처럼 수인화가 가능한 수인족까지 존재한다.

그렇다면 인간보다 역사가 더 오래되었을 수도 있는 수인족은 과연 어떻게 출현한 것일까? 수인족은 던전이 나타나기 훨씬 이전부터 존재하고 있었다.

그렇다고 인간과 토대가 되는 동물과의 결합에서 태어난 것은 분명 아닐 것이다. 종 자체가 다르기 때문에 수정 자체가 되지 않을 테니 말이다.

그렇다면 진화의 결과일까?

정답은 아무도 알지 못한다. 참고로 지구의 역사에서 인간만큼 빠른 진화를 보인 동물은 없었다.

'어쩌면 지구와 달리 탄 차원이나 이곳은 다양한 진화의 결과로 다양한 아인종이 나온 건지도 모르겠네.'

아무튼 영성이 트인 퍼플의 얘기이니 가능성이 아예 없는 것은 아니다.

'퍼플, 혹시 너희들이 성장하려면 뭐가 필요한지 알고 있니?'

-모른다, 주인. 그래도 주인의 곁에서 오래 지나다 보면 성장할 수 있을 거라는 건 알고 있다.

'너희들을 성장시키는 방법은 알지 못하지만 같이 노력해 보자. 이곳에서 떠날 때까지는 어지간하면 아공간으로 보내지 않을 테니 일단 일족의 숫자부터 늘려.'

-고맙다, 주인!

'그리고 이제부터 너희에게도 신경을 쓸 테니까 굳이 내 옆에 붙어 있을 필요는 없어. 네 일족을 데리고 동쪽을 맡아서 사냥해.'

ㅡ시키는 대로 하겠다, 주인.

퍼플은 사냥을 하라는 명령에 신이 나서 벌써 보이지 않을 정도로 멀리 날아가고 있는 자신의 일족을 순식간에 따라잡았다.

그 모습을 지켜보던 가온은 지금부터라도 플라위스들에게 더 많은 관심을 기울이기로 마음을 먹었다.

휴식을 마친 가온은 플라위스들이 맡지 않은 북쪽으로 비행을 하며 비행 마수가 있을 법한 곳을 정찰하기로 했다.

그리핀은 높은 산의 중턱 위쪽의 숲에서, 그리고 와이번은 주위에서 가장 높은 암봉이나 절벽과 같은 장소에 둥지를 마련하기 때문에 평지는 굳이 살펴볼 필요가 없었다.

그렇게 30여 분에 걸쳐 정찰한 결과 세 무리의 와이번과 두 무리의 그리핀을 발견할 수 있었는데 둥지에는 새끼들과 놈들을 돌보는 일부 암컷들만 남아 있었다.

'위치는 알았으니 차라리 쉬다가 해가 지면 차례대로 처리해야겠어.'

둥지들이 굉장히 멀리 떨어져 있었지만 공간 이동이 가능해졌으니 그건 문제가 되지 않는다.

마음 같아서는 아니테라에 건너갔다가 시간에 맞추어 다

시 돌아오고 싶었지만 그럴 수는 없었다. 던전에 들어간 전사들이 예기치 않은 사태로 인해서 일찍 나올 수도 있었기 때문이다.

결국 가온은 적당한 곳을 찾아서 연공을 하면서 시간을 보냈다.

세상이 어스름해진 시간, 멀리 사냥을 나갔던 와이번 퀸이 전신에 화염처럼 붉은 깃털이 빽빽하게 난 거대한 새 2마리를 움켜쥐고 둥지로 귀환하고 있었다.

오늘은 운이 좋았다. 폭발하는 화산만 찾아다니며 공격을 할 때는 화염으로 이루어진 깃털을 발출하는 파이어버드 2마리를 사냥한 것이다.

사냥을 하는 과정에서 함께 간 부하 열넷이나 죽었지만 파이어버드 2마리는 그 이상의 가치가 있었다.

마정석과 비슷한 내단을 가지고 있는 파이어버드는 와이번에게 있어 엄청난 영약이다. 이제 막 비행 훈련을 시작한 새끼 2마리를 단숨에 성체로 성장시킬 수 있으며 운이 좋을 경우 자신이 그랬듯 진화까지 기대할 수 있었다.

기분 좋게 둥지로 돌아온 퀸은 강렬한 위화감에 칼날과 같은 시선으로 둥지를 둘러보았다.

'이 시간까지 아무도 안 돌아왔다고?'

거기에 먹어도 먹어도 배고픔을 호소하는 새끼의 울음소리조차 들리지 않았다. 자신의 새끼뿐 아니라 다른 새끼들 역시 마찬가지로 조용했다.

게다가 둥지를 지키는 암컷 4마리가 보이지 않았다.

'적이 영역에 들어왔나?'

그렇지 않다면 현재 상황은 말이 되지 않는다.

황급히 자신의 둥지를 확인해 보니 다행하게도 새끼 2마리가 그대로 있었다. 단지 자는 것처럼 머리를 아래로 내려뜨리고 서로 몸을 기대고 있을 뿐이었다. 다른 둥지에도 새끼들이 있었지만 자신의 새끼들과 비슷한 상태였다.

분명히 생명의 기운이 느껴져서 죽은 것은 아니다.

'자는 건가?'

퀸은 본능적으로 그게 아니라는 사실을 알아차렸다.

천적이 없는 와이번이지만 그래도 새끼나 알을 노리는 놈들이 없는 것은 아니다. 그렇지만 누군가 둥지를 침입했거나 새끼를 죽인 것 같지는 않았다. 일단 피비린내가 전혀 나지 않았던 것이다. 고블린과 같이 허약한 놈도 독을 사용해서 능히 새끼를 죽일 수 있었다.

퀸은 자신의 새끼들을 포함해서 모두 독침에 당한 것은 아닌지 불안한 마음에 황급히 둥지로 날아내렸다. 물론 그 전에 파이어버드 2마리는 먼저 둥지 옆으로 떨어뜨렸다.

그렇게 둥지로 날아내린 퀸이 새끼들의 상태를 확인하려고 할 때 어둠에 동화된 투사체가 퀸의 머리를 향해 쏜살같이 날아갔다.

그 속도가 얼마나 빠른지 퀸이 투사체의 존재를 느꼈을 때는 이미 지척에 도착한 상태였다.

퍽! 꽝!

순간적으로 와이번 퀸이 강화시킨 생체보호막과 강철에 비견되는 강도를 가진 두개골을 단숨에 뚫고 들어간 투사체는 이내 강하게 폭발했고 그 결과 퀸의 입, 코, 귀에서는 하얀 연기와 함께 녹아 버린 뇌액이 빠져나왔다.

'마나탄에 폭발의 원리를 적용했더니 결과가 아주 놀랍네.'

어둠 속에 동화되어 있던 가온은 마나탄을 만들 때 서로 극성인 음양기를 사용했고 그 결과 목표의 몸을 꿰뚫은 직후 폭발을 시킬 수 있었다.

그렇게 가장 규모가 큰 와이번 무리를 사냥한 가온은 다른 네 무리의 그리핀과 와이번 들을 투명화 스킬과 마나탄을 사용해서 말끔하게 처리했다.

그와는 다르게 사냥을 하러 나온 와이번들부터 사냥하기 시작한 플라위스 세 무리는 벌써 꽤 빠른 성과를 보였다.

적당한 곳에 자리를 잡은 가온은 자신의 아공간은 물론 카오스와 녹스가 챙긴 와이번과 그리핀 사체들을 차례로 꺼내어 음양기와 마력을 사용해서 구울로 제련을 하고 미리 갓상점에 접속해서 구입한 전용 아공간 아이템을 이용해서 챙기는 작업이 반복되었다.

그렇게 밤늦게까지 제련을 한 결과 비행 마수 구울 부대가 탄생했다.

이전에 제련한 놈들까지 합해서 보스급 7마리, 준보스 22마리를 포함해서 모두 1천 마리가 넘었다.

비록 마정석은 새끼들의 것밖에 챙기지 못했지만 불만은 전혀 없었다. 정령이나 플라위스와 달리 영혼이 이어진 것은 아니지만 보상만 주면 배신하지 않으며 죽음을 도외시하는 강력한 부대가 생긴 것이다.

'1만까지만 채우자!'

그렇게 목표를 잡은 가온은 짧은 연공으로 심신의 피로를 푼 후 곧바로 다시 움직였다.

에보른 시티의 경매

아니테라 전사단의 던전 공략은 순조로웠다. 대부분의 부대가 채 이틀도 되지 않아서 던전을 성공적으로 클리어한 것이다.

공략 내용이나 성과도 아주 만족스러웠다. 애초에 전사들이 상대하지 못할 보스가 없는 던전들이었고 차고 넘치는 전력을 동원한 결과였다.

'사망자가 없으니 마음이 편하네.'

보스를 사냥하는 과정에서 인명 피해나 타이탄이 파손되는 피해를 입은 경우는 있었지만 죽지만 않으면 된다.

가온은 따로 움직이며 비행 마수들을 사냥하면서도 던전을 성공적으로 공략했다는 보고가 들어오면 마누의 도움을 받아서 곧바로 해당 던전이 있는 곳으로 공간 이동을 했고 전사들의 노고를 치하한 후 아니테라로 보내기를 반복했다.

전사들은 단순히 던전을 공략하고 나온 것이 아니다. 차원석을 포함해서 수없이 많은 전리품을 챙겨 나왔다. 마정석부터 시작해서 사체들까지 활용 가치가 높은 것들이었다.

그중 상당수를 차지하는 건 바로 비교적 온전한 사체였다. 트롤이나 오르크는 물론이고 오크의 경우 전사장급 이상의 사체를 챙긴 것이다.

그것들은 엔릴이 이끄는 사령술사들에게 넘어가서 구울로 제련될 예정이다. 기존에 보유하고 있는 구울보다는 전투력이 낮지만 대량으로 제련해서 동시다발적으로 진행되는 던전 공략의 성공은 물론 공략 속도를 높이는 데 크게 일조할 예정이었다.

엔릴이 이끄는 사령술사의 숫자도 크게 늘었다. 스노족 결계술사와 나가족 주술사 중 이쪽에 관심을 가지고 있던 이들이 합류한 것인데 거의 100여 명에 달했다.

덕분에 구울과 스켈레톤의 숫자가 빠르게 늘어나고 있었다. 제련에 실패하는 경우도 많았지만 38개나 되는 부대가 수거한 사체의 숫자는 엄청났다.

던전을 성공적으로 공략하고 나온 전사들의 사기는 무척 높았다. 타이탄 혹은 기가스의 전투력에 만족했을 뿐 아니라 던전 공략에 따른 명예 포인트를 획득했다.

던전에서 잠도 제대로 자지 못하고 이틀에 걸쳐 수많은 마수와 몬스터를 사냥했지만 전사들의 안색은 무척 밝았다.

그동안 제대로 된 명예 포인트를 획득하지 못했던 일반 전사들도 이번에는 크게 만족했다. 그만큼 기가스의 전투력이 만족스러웠다.

이제 그들은 아니테라로 돌아가서 충분히 휴식을 취한 후 획득한 명예 포인트를 이용해서 자신의 성장을 가속화시키기 위해 갓상점에 접속해서 기분 좋은 쇼핑을 즐길 것이다.

하지만 불만이 있는 전사들도 있었다. 바로 부대장이자 베타급 타이탄 라이더들이었다. 이번에 공략한 던전의 보스들은 강자와의 전투를 원하는 그들을 만족시켜 주지 못한 것이다.

전사들이 모두 아니테라로 돌아간 후 잠깐 그곳으로 건너간 가온은 시르네아를 비롯한 대전사장들로부터 그런 불만을 들을 수 있었다.

"그럼 오우거급 던전으로 한 번 더 공략해 볼까?"

보스가 오우거인 던전도 꽤 많았다. 넘겨받은 정보에 따르면 세이틀 시티의 영역에만 거의 50개는 되는 것 같았다.

"맡겨 주십시오!"

"그럼 베타급 라이더들로 공략대를 만들어서 오우거 던전을 공략해 보도록 하지."

가온의 결정이 내려지자 대전사장들이 일제히 환호하며

장비를 챙기기 시작했다. 맡은 던전은 성공적으로 공략했지만 그들은 전사들의 안위 때문에 제대로 싸워 보지 못해서 너무 답답했다.

가온은 그런 대전사장들의 움직임을 지켜보면서 던전에 대해서 생각했다.

'그러고 보니 모험가의 활동도 별로 없고 오랫동안 시티들도 던전에 신경을 쓰지 않았음에도 시티들이 파악하고 있는 던전의 숫자가 무려 700개가 넘네.'

기가스를 단독으로 생산할 정도로 규모가 큰 시티의 영역에 평균 10개 정도의 던전이 있는 것이다. 그러니 시티들이 파악하지 못한 던전들의 숫자는 몇 배 혹은 몇십 배가 더 많을 것이다.

그래서 가온이 던전 공략을 포기한 것이다. 세이틀 시티의 판매 영역만 해도 던전이 이렇게 많은데 아이테르 차원 전체로 보면 얼마나 많겠는가. 그렇게 많은 던전을 가온과 아니테라의 전사들이 모두 공략하는 것은 불가능한 일이다.

게다가 던전의 8할 이상은 일정한 회수만큼 공략을 해야 소멸하는 데다가 가온조차 공략을 장담할 수 없는 마족 던전들이 적지 않게 있다는 점을 고려하면 더욱 불가능했다.

'이런 상태를 방치하면 아이테르 차원은 다른 차원과 완전하게 융합되어 버릴 거야.'

차원이 융합된다는 의미는 소멸을 뜻하는 것은 아니다. 그래도 꽤 많은 생물들이 살아남을 것이다.

'하지만 인간을 포함한 아인종은 전멸하거나 마인화가 되겠지.'

이유는 알 수 없지만 차원이 융합되면 세상의 근원인 마나가 마기로 대표 되는 다른 에너지로 변질된다. 그리고 아인종은 다른 생물종보다 마기에 아주 취약하다. 즉, 마기의 영향을 굉장히 빠르고 강하게 받는 것이다.

그러니 마인화라고 부르는 과정에 성공한 극소수의 아인종을 제외하고는 모두 죽을 것이다. 물론 다른 생물들도 종국에는 아인종과 같은 결말을 맞이하게 될 것이다.

이 세계의 마법사 중에는 마족이 그런 과정에서 살아남은 아인종이라고 주장하는 이들도 있었다.

그들은 마계를 차원이 수없이 융합된 세상이라고 주장하는데 가온이 생각해도 일리가 있었다. 마계가 끝없이 넓은 세상이라는 얘기는 수많은 전설이나 신화에도 언급된다.

'아무튼 지금은 타이탄, 특히 기가스의 보급에 전력을 다해야 해!'

같은 인력으로 타이탄에 비해서 최대 10배는 빠르게 제작할 수 있는 기가스가 대량으로 보급되면 그만큼 많은 던전들을 공략할 수 있었다.

문제는 기가스를 보유하게 된 시티들이 마수나 몬스터를 사냥하거나 던전을 공략하는 것보다 다른 시티를 침공해서 영역을 확장할 가능성을 무시할 수 없다는 점이다. 건설용 타이탄이 물리적인 거래를 획기적으로 줄여 주었다.

'그래서 시티보다는 상단이나 용병들이 기가스를 더욱 많이 보유해야 해.'

물론 그럴 경우에도 예상하지 않았던 부작용이 나올 수는 있었지만 일단 그렇게 정했으니 밀고 나가야만 했다.

그렇게 가온의 사색이 끝나 가자 베타급 라이더들이 출동 준비를 마치고 그의 주위에 모여들었다.

이제 다시 움직일 때였다.

아무리 오우거가 수십, 수백 마리가 있는 던전이라고 하지만 마법사 타이탄이 포함된 베타급 타이탄 라이더들로만 구성된 부대는 막을 수 없었다.

혹시 몰라서 투명화 스킬로 몸을 감추고 그들의 뒤를 따랐던 가온은 적당한 곳에서 던전을 빠져나왔다. 그야말로 압도적으로 오우거들을 학살하고 있었다.

마법사 타이탄이 던진 파이어볼은 파이어스톰에 해당할 정도의 위력을 가지고 있었고 베타급 타이탄들은 완벽한 검의 형태를 가지고 있는 거대한 오러 블레이드를 사용할 수 있으니 불완전한 오러 네일을 사용하는 오우거는 전혀 상대가 되지 않았다.

그렇게 베타급 타이탄 부대는 하루에 평균 세 개의 오우거 던전을 클리어했고, 그들에게 붙여 준 마누는 마정석은 물론 사체들을 알뜰하게 챙겼다.

걱정을 내려놓은 가온은 오랜만에 혼자 움직이면서 던전의 정확한 위치와 서식하는 마수와 몬스터, 등급 등 정보를 파악하는 데 전념했다.

일곱 개의 시티로부터 정보를 전달받은 던전만이 아니다. 이동하는 과정에서 발견한 던전들은 모두 조사해서 대강의 정보를 기록해 두었다.

그런 와중에서도 밤이면 오우거는 물론이고 플라위스들이 사냥한 와이번과 그리핀 등 비행 마수를 구울로 제련했다.

그렇게 예정된 경매 이틀 전까지 강행군을 한 결과 던전 120여 개를 공략하는 데 성공했는데, 가온은 별동대와 따로 높은 등급의 던전을 공략해서 오우거와 트롤 구울은 각각 500여 마리와 1천여 마리, 와이번과 그리핀 구울은 합쳐서 1만여 마리를 제련하는 데 성공했다.

경매 예정일 이틀 전에 다시 방문한 에보른 시티는 짧은 시간 동안 꽤 많이 변해 있었다.

'원래 이렇게 사람이 많았나?'

그런 생각이 들 정도로 시티는 사람들로 붐비고 있었다. 정오를 막 지난 시간이라 햇살이 아주 강렬했음에도 시티 외곽에는 수많은 사람들이 오가고 있었는데 용병들은 물론 상인들이 대부분이었다.

사람만 늘어난 것이 아니다. 이전에는 목축지였던 구역 일부에 크고 넓은 건축물들이 우후죽순 들어서고 있었다.

'숙박 단지를 새로 건설했군.'

새로 지은 건물들은 여지없이 말을 위한 마구간은 물론 마차를 위한 공간을 갖추고 있었고 다양한 복색을 한 사람들이 해당 건물을 드나들고 있었다.

'이전보다 몇 배는 더 많은 사람들이 찾아왔네.'

얼마 전 라치온 시티에서 경매가 열리기 전에 기가스를 선보인 효과일 것 같았다.

그런데 숙박 시설만 새로 들어선 것이 아니다. 기존의 시장과는 비교할 수 없을 정도로 거대한 시장이 숙박 단지 옆쪽에 들어섰다.

가온은 가죽 투구로 써서 눈과 코만 내놓은 모습으로 시장을 둘러보았다.

'생필품 시장이 아니네.'

마정석부터 시작해서 마수와 몬스터의 부산물을 직접 사고파는 상점부터 시작해서 부산물을 가공해서 만든 방어구 등 다양한 아이템을 취급하는 상점, 무구 상점 등이 보였는데 하나같이 규모가 아주 컸다.

'하아! 기가스용 무기를 파는 곳도 있네.'

상인들은 참으로 대단한 능력을 가진 것 같다. 아직 기가스가 그리 많이 풀린 것도 아닌데 촉이 좋은 상인들은 벌써 기가스 전용 무기를 판매하기 시작한 것이다.

그 밖에도 약초나 육포, 건과일, 건채소 등을 취급한 상점들도 있었고, 매직 아이템을 판매하는 상점까지 있을 정도이니 이곳에 얼마나 많은 용병과 전사 들이 찾아오는지 짐작할 수 있었다.

딱히 살 물건은 없었지만 이왕 시장에 왔으니 마정석이나 구입하려고 한 상점을 들른 가온은 생각보다 가격이 안정되어 있다는 사실을 확인했다.

'타이탄과 기가스가 풀리고 있어서 중급 마정석 가격이 올라갔을 줄 알았는데 이상하네.'

중급 마정석 가격은 104골드로 거의 오르지 않았다. 물량도 한 상점에서 취급하는 것치고는 꽤 많았다.

"중급 마정석 가격이 올랐을 줄 알았는데 전혀 아니군요."

중급 마정석 100개를 구입하면서 주인에게 그렇게 말을 붙였다.

"나중에는 모르겠지만 지금은 물량이 많아서 곧 내릴 것 같습니다."

"물량이 많다고요?"

"네. 최근에 라치온 시티에서 열린 경매에서 용병단들도 알파급과 기가스급 타이탄을 꽤 낙찰받았잖아요. 타이탄을 활용해서 이전에는 엄두도 내지 못했던 오크들을 사냥하고 있어서 이전보다 훨씬 많은 마정석이 나오고 있습니다."

"그렇군요. 사냥 성과가 좋은 모양이네요."

"원래 타이탄의 전투력이야 누구나 예상할 수 있지만 아니 테라 시티에서 새로 출시한 기가스 타이탄의 위력이 참으로 대단한 모양입니다. 거기에 아공간 전용 아이템까지 있으니 활용도가 높은 것 같더라고요. 케비알 용병단의 경우 용병들이 오크 마을을 공격했는데, 후방으로 몰래 이동한 라이더가 타이탄을 소환해서 후미를 치는 작전을 펼쳤다는데, 주술사를 비롯한 수뇌부를 제대로 기습하는 데 성공해서 500마리도 넘게 죽이는 성과를 거두었다고 합니다. 덕분에 케비알 용병단은 한 번의 사냥으로 무려 3만 골드가 넘는 거금을 벌었다고 합니다."

벌써 500마리 규모의 오크 부락을 토벌하는 용병단까지 나왔으니 기가스를 포함한 타이탄을 용병들을 대상으로 판 효과가 나오는 것 같았다.

"앞으로 기가스 타이탄이 더 많이 풀리면 지금보다 훨씬 더 자주, 그리고 쉽게 사냥을 하게 될 것 같습니다. 그럼 마정석 시세도 좀 내려갈 것 같습니다."

"좋은 일이군요."

상인의 말을 들으니 아무래도 이제 기가스는 타이탄의 가장 하위 버전이 된 것 같았다.

"맞습니다. 시티들은 어지간한 경우가 아니면 타이탄을

동원하는 일이 없었기에 시티 밖에 마수와 몬스터가 창궐했지만, 이제 상황이 바뀌는 것 같습니다. 용병단과 상단에도 타이탄을 보유할 기회를 준 아니테라 시티가 너무 고맙습니다."

가온의 정체를 모르고 하는 소리였기에 더욱 뿌듯했다.

"곧 좋은 시절이 올 겁니다."

"저도 그렇게 기대하고 있습니다."

그런데 그렇게 말하는 주인의 얼굴이 밝지가 않았다.

"무슨 걱정이라도 있습니까?"

"후유! 자신들의 이권을 위해서는 무슨 짓이든 하는 열두마녀가 아니테라 시티에게 손을 쓸까 봐 정말 걱정입니다."

"지난번에 열린 경매에 참가한 세이틀 마탑은 그런 것 같지 않던데요?"

세이틀 마탑이 많은 타이탄 라이더를 이끌고 라치온 시티에 왔으며 의외로 별다른 일을 벌이지 않고 타이탄 몇 기만 낙찰받고 돌아갔다는 사실은 이미 널리 퍼져 있었다.

"세이틀 마탑이야 열두 마녀 중에서 가장 힘이 약할뿐더러 온건한 편이라서 무사히 넘어갔지만, 자신들을 큰언니라고 칭하는 콰드라스 카르도에 속하는 네 마탑은 자신들의 이권을 침해당했다 싶으면 수백 기의 타이탄을 끌고 와서 노골적으로 협박을 한다고 합니다. 실제로 말을 듣지 않자 타이탄으로 전멸을 시켜 버린 시티들이 더러 있다고 들었습니다."

"그렇군요."

가온은 열두 마녀에 해당하는 마탑들이 모두 세이블 마탑과 비슷할 거라고 생각했지만 아니었다.

'나한테 그런 짓을 하면 완전히 박살을 내 버려야지.'

혹시 모르니 지금부터라도 정보 수집을 열심히 해야겠다.

'먼저 맞는 것은 싫어!'

상대의 움직임을 미리 파악해서 자신을 협박하거나 해치려는 기미가 보이면 먼저 죽빵을 날릴 생각이다. 괜히 상대의 움직임을 확인한다고 공격을 허용할 생각은 전혀 없었다.

적당히 쇼핑을 즐긴 가온은 시장을 나와 바로 시청으로 향했다. 원래는 바로 시청 안으로 들어가려고 했지만 상황이 좀 이상했다.

'왜 이렇게 사람이 많아?'

시청 안쪽은 물론 정문 근처에도 사람들이 가득했다.

그렇다고 뭔가 안 좋은 일이 생긴 것 같지는 않았다. 경비임무를 수행하는 전사들이 방어구를 입은 사람들과 편하게 대화를 나누는 모습이 보였다.

'아무래도 손님들인 모양이네.'

경매 때문에 다른 시티에서 온 손님들을 수행한 전사들인 것 같았다. 복장이 자유로운 용병과 달리 전사들은 색상이나 재료는 다르지만 디자인이 비슷한 방어구를 착용했기 때문이다.

가온이 자신의 신분을 밝히자 전사장이 경외감이 느껴지는 눈으로 잠시 쳐다보더니 직접 시장실로 안내를 했다.

"어서 오십시오!"

마침 회의라도 하고 있었는지 시장과 시티 수뇌부가 시청 앞까지 나와서 가온을 맞이했다.

"도시 분위기가 아주 활발하더군요."

"하하하. 이것이 다 타이탄 경매 덕분입니다. 어디서 소식을 들었는지 최근에 유입된 외부인들이 엄청납니다. 게다가 건설용 타이탄으로 다른 시티와 연결되는 마차로를 뚫고 있어서 외부로의 이동이 크게 좋아진 덕분이기도 합니다."

시장이나 시티 수뇌부의 얼굴은 무척 밝았다. 이전에도 인근 시티들의 중심지 역할을 했지만 지금 상황만 보면 에보른이 앞으로 이삼십 개에 달하는 시티들을 대상으로 막강한 영향력을 행사할 수 있을 것 같았다.

"경매 준비는 잘되어 갑니까?"

"당연하지요. 최소 60만 골드의 현금이나 마정석을 소지하면 누구나 경매에 참석할 수 있다고 공표를 했고, 경매장도 1천 명까지 들어갈 수 있는 대형 공연장으로 변경했습니다. 게다가 경매 참여자의 편의를 위해서 수준 높은 숙박 시설과 음식점 들을 확충했고요."

"수고가 많으셨겠군요. 그런데 이번 경매에 따로 내놓을 아이템이 좀 있는데 가능하겠습니까?"

"어떤?"

"최근에 본 시티의 타이탄 전사들이 공략한 던전들이 좀 있습니다. 경매에 내놓을 것은 클리어 보상으로 나왔거나 공략 과정에서 얻은 아이템과 던전에 대한 정보입니다."

"던전에 대한 정보요?"

"그렇습니다. 한 번 공략으로 소멸하는 던전보다 30회, 혹은 50회나 100회까지 다시 생성하는 던전이 훨씬 더 많다는 사실은 아시지요?"

"당연히 알고 있습니다."

"다들 아시겠지만 던전은 방치할 경우 던전 브레이크를 일으켜서 2, 3년에 한 번씩 몬스터 웨이브가 발생할 뿐 아니라 숫자가 많아지면 상위 등급의 던전이 생성됩니다. 시티 입장에서는 어떻게든 소멸시켜야 하지요."

시장을 포함한 몇 명은 가온이 말하는 내용의 일부를 이미 알고 있는 것 같은 표정이었지만 다른 사람들은 처음 들어본 듯 경악한 얼굴이 되었다.

"첫 공략보다는 보상 수준이 낮지만 그래도 던전을 클리어하면 상당히 좋은 보상이 나옵니다. 공략 과정에서 얻을 수 있는 마정석이나 강화석과 같은 아이템도 그렇지만 마수와 몬스터의 부산물이나 놈들이 쓰던 무기 혹은 특정한 던전에서만 얻을 수 있는 약초나 광물도 많고요. 그래서 던전과 공략법에 대한 정보를 경매에 올리려고 합니다."

"아! 그 정보만 있다면 피해를 줄이고 쉽게 공략할 수 있겠군요."

"그렇습니다. 앞으로 타이탄보다는 기가스가 대세가 될 것 같은데 기가스로도 충분히 공략할 수 있는 던전들에 대한 정보를 경매로 팔 생각입니다. 물론 던전 공략 과정에서 얻을 수 있는 부산물과 보상의 가치를 대충 추산해서 5분의 1 정도의 가격으로 경매 시작가를 정할 예정이고요."

시장을 포함한 시티 수뇌부는 머리를 망치로 맞은 것과 같은 충격을 받았다.

그동안 에보른 시티에서는 다른 시티와 마찬가지로 시티와 가까운 던전만 공략을 했을 뿐 먼 곳에 있는 것까지는 신경을 쓰지 못했다. 아니, 신경을 쓰지 않았다. 굳이 피해를 무릅쓰고 공략할 필요가 없다고 생각한 것이다.

"본 시티에서 타이탄이나 기가스의 판매 대상을 시티만이 아니라 상단이나 용병단까지 확대한 것과 경매 방식으로 판매하기로 한 것은, 전사들은 시티의 안전 때문에 쉽게 움직이지 못하지만 용병들은 던전 공략을 통해서 막대한 이윤을 창출할 수 있기 때문입니다. 던전 공략 과정에서 나온 마수와 몬스터 부산물은 물론 이 세계에는 존재하지 않거나 희귀한 약초나 광석 등이 시장에 풀리면 결국 시티의 재정 면에서도 큰 도움이 될 겁니다. 우리 아니테라 시티가 그랬으니까요. 그리고 일부 시티는 용병이나 상단이 타이탄이나 기가스를 보유하는 것을 끔찍하게 싫어하던데 저는 이해할 수가 없더군요. 어차피 상단이나 용병단은 시티를 거점으로 활동하기 때문에 굳이 그들이 타이탄이나 기가스를 보유하는 것을 걱정하거나 두려워할 필요는 없습니다."

에보른 시티도 가온이 원하는 대로 타이탄을 경매 방식으로 상단이나 용병단에 판매하는 것을 용인하긴 했지만 사실 시티 수뇌부들 사이에서는 말이 많았다.

그들은 타이탄과 같은 전략 무기를 상단이나 용병단이 보유하게 되면 시티의 안전 면에서 위험하다고 생각하고 있었기 때문이다.

가온의 말에 시티 수뇌부의 반응은 각기 달랐지만 그래도 모두 고개를 끄덕였다.

물론 이렇게 말했다고 해서 단번에 오랫동안 유지해 왔던 생각이 깨진 것은 아니지만 최소한 시티 소속의 상단이나 용병단이 타이탄이나 기가스를 보유해도 크게 위험하지 않을 거라는 생각은 하게 되었다.

"온 훈 경의 말씀이 맞습니다. 우리 에보른 시티는 앞으로 상단이나 용병단이 타이탄과 기가스를 보유하는 것을 적극적으로 지지할 겁니다."

시장은 몇 명을 차례로 바라보며 결연한 얼굴로 선언했다. 아마도 그들은 시장과 반대 입장을 표명했던 것 같았는데 지금은 시선을 내리깔고 있었다.

이틀 후에 열린 경매 분위기는 용광로처럼 뜨거웠다.

타이탄 50기에 200기에 달하는 기가스가 경매에 올라왔거니와 전날 공표한 대로 오크 등급 이하의 보스가 있는 던전에 대한 정보와 함께 이제까지 보기 힘들었던 다양한 아이템과 무기 들까지 나왔기 때문이다.

워낙 많은 아이템이 나왔기에 1천여 명에 달하는 경매 참석자 중 빈손으로 나간 이가 거의 없었다.

가장 등급이 낮은 아이템이 무기를 강화할 수 있다는 강화석인데 아이테르 차원에는 존재하지 않았고 전사나 용병 모두에게 꼭 필요했기에 너도나도 호가를 올리는 바람에 낙찰가가 비정상적으로 치솟았다.

복용하면 마나를 높여 주는 천연 영약들도 엄청난 관심을 받았다. 아이테르 차원은 연금술이 발달해서 포션의 수준은 높았지만 이런 종류의 영약은 별로 없었고 만들어지기 무섭게 시티로 전량 판매되었다.

무기류 또한 엄청난 가격에 낙찰되었다. 대부분은 던전을 공략하는 과정에서 죽인 마수나 몬스터가 소지한 것이지만 가온은 드워프들이 만든 무구를 몇 개 경매에 내놓았다.

그런 무구는 속성을 가지고 있어서 마나를 주입하면 화염이나 얼음을 방출하는 검이나 도는 물론이고 굉장히 희소한 미스릴이 들어간 무기들이 나와서 전사나 용병 들의 경쟁 대상이 되었다.

그중 용병단의 참여가 가장 높았던 품목은 기가스와 던전에 대한 정보였다. 기가스야 타이탄보다 접근하기가 쉬워서 당연했지만 던전 정보의 경우 경매사가 경매에 앞서 오늘 경매에 올라온 아이템 대부분이 던전 공략 과정에서 얻었다고 소개를 한 것이다.

그렇다고 타이탄과 기가스의 인기가 낮은 것도 아니었다. 타이탄은 평균 57만 골드, 기가스는 35만 골드로 낙찰이 되었다.

다른 시티 출신의 낙찰자들도 많았지만 이번 경매에서는 타이탄 25기와 기가스 100기는 에보른 시티에 적을 둔 상단과 용병단 그리고 전사에게만 자격을 부여했기에 큰 불만은 나오지 않았다.

가온은 경매가 진행되는 과정을 지켜보고 끝난 직후 시장실로 자리를 옮겼다.

"놀랍군요. 얼추 계산해 봐도 낙찰가 총액이 1억 3천 골드에 달하다니. 우리 에브론 시티에 경매장이 생긴 이후 가장 높은 기록입니다. 축하합니다!"

타이탄만으로도 낙찰가는 1억 골드에 육박했으니 생각보다 아이템과 던전 정보가 높은 액수로 낙찰된 것이다.

"감사합니다. 다행히 원하는 가격에 팔려서 바닥을 드러냈던 시티 재정에 어느 정도 도움이 될 것 같습니다."

"혹시 다음 경매도 우리 시티에서 열면 안 되겠습니까? 수수료는 5%까지 낮추겠습니다."

이번 경매의 수수료는 10%로 통상 30%인 것에 비해서 엄청나게 낮은 수준인데 거기에서 더 낮게 부르는 것이다.

사실 이번 경매로 에보른 시티는 대충 1,500만 골드에 달하는 어마어마한 수수료 수익을 올렸다. 그리고 그 액수는 이제까지 에보른에서 열린 경매의 최고액수에 해당했다.

시장의 입장에서 보면 수수료 수입도 중요하지만 그보다는 에보른 시티의 전력이 크게 높아지는 것이 더욱 중요했다.

상단이나 용병단이 타이탄이나 기가스를 보유한다고 해도 결국은 시티 전체의 전력이 높아지는 것이니 말이다.

"아쉽지만 제가 판매할 수 있는 타이탄과 기가스는 이것이 끝입니다."

"그럼 던전에 대한 정보와 아이템만이라도 안 되겠습니까?"

사실 시장도 가온이 이번 경매에 내놓은 대규모 타이탄과 기가스 물량을 보고 아니테라 시티도 한동안은 판매할 여유가 없을 거라고 짐작하고 있었다.

그런데 던전에 대한 정보와 아이템의 낙찰 총액이 대충 계산해도 3천만 골드에 달하니 욕심이 안 날 수가 없었다.

'이런 경매가 두어 번도 더 열리면 우리 에보른은 명실상부한 메가시티가 될 수 있어.'

재정국장의 말에 따르면 이번 경매로 인한 경제적인 효과가 수천만 골드에 달할 것이라고 한다. 다른 시티에서 찾아온 이들이 먹고 자는 데 쓴 돈이 그 정도로 엄청나다는 얘기다.

이런 대형 경매가 연속해서 열리게 되면 에보른은 자연스럽게 인근에 있는 수십 개의 시티를 대표하는 영향력을 행사할 수 있게 된다.

정치적인 영향력뿐만이 아니다. 경매로 인한 수익은 단발성이지만 이 땅에서 생산되는 풍부한 물산을 주위 시티에 판매해서 얻는 수익에 비할 바 없이 엄청났다.

시장은 앞으로 에보른이 인근 시티의 중심이 되길 원하고 있었다. 정치뿐 아니라 경제의 중심지가 되면 자연스럽게 메가시티로 성장하고 자신의 위치 역시 높아질 수밖에 없었다.

그런 생각으로 가온에게 간절하게 부탁을 했는데 뜻밖의 대답이 나왔다.

"그런 거라면 시티 측이 직접 하면 되지 않겠습니까? 타이탄과 기가스가 이 정도로 풀렸으니 더 이상 몬스터 웨이브를 걱정하지 않아도 되니 말입니다."

가온의 말에 시장과 시티 수뇌부의 눈이 번쩍 뜨였다.

맞는 말이다. 이번 경매에서 타이탄 25기와 기가스 100기 중 8할 이상을 낙찰받은 용병단들은 적극적으로 사냥에 나설 것이다.

그렇게 되면 자연스럽게 시티 주위에 서식하는 마수와 몬스터의 개체 수가 급격하게 감소할 테니 더 이상 몬스터 웨이브를 걱정할 필요가 없다.

그럼 전사 전력을 활용할 수 있게 된다.

그렇게 시티 차원에서 직접 던전을 공략하면 클리어 보상은 물론이고 그 과정에서 많은 것을 얻을 수 있었다.

당연히 수익은 증가할 것이고 더 많은 타이탄을 구입할 수 있게 된다.

한 번 공략한 던전은 이번처럼 정보 형태로 경매에 올려서 판매해도 된다. 그렇게 되면 시티는 더 이상 던전이 방치되는 것을 걱정할 필요가 없었다.

그렇게 화기애애한 분위기에서 시장과 대화를 나누던 중 이번 경매를 총괄한 재정부장이 정보부장과 함께 들어왔다.

"낙찰 총액은 1억 3천 23만 골드입니다."

어느 정도 예상은 했지만 던전에 대한 정보와 던전 공략을 통해서 획득한 아이템들의 낙찰액이 엄청났다.

"이건 수수료를 제외한 금액의 골드와 각종 마정석입니

다."

가온은 재정부장이 경의 어린 태도로 건넨 아공간 주머니를 챙겨 대충 확인한 후 품속에 넣었다.

"참! 온 훈 경, 아니테라 시티가 기가스 설계도를 몇몇 시티에 은밀하게 판매한다는 정보를 들었는데 사실입니까?"

정보부장의 말에 시장과 재정부장은 깜짝 놀라 가온을 쳐다봤다.

"흐음. 결정된 것이 아니라 의견 수렴 단계인데 소문이 그렇게 퍼진 모양입니다. 사실 기가스 생산 능력이 충분하다고 판단한 시티를 대상으로 설계도를 판매하는 문제를 두고 시티에서 의논하고 있는 건 사실입니다."

"그, 그렇다면 저희 시티는 어떻습니까? 1억, 아니 1억 5천만 골드에 사겠습니다!"

안색이 확 달라진 시장이 자신도 모르게 소리를 높였다.

"에보른 시티는 제련 및 제철 시설도 없고 타이탄 관련 기술도 보유하지 못한 것으로 알고 있습니다만."

"아닙니다! 제련이나 제철 시설은 없지만 타이탄 개발은 상당한 수준까지 진행된 상황입니다. 관련 장인이나 마법사들도 오래전에 확보한 상황이라서 타이탄은 몰라도 기가스는 충분히 생산할 수 있습니다. 그리고 후판과 같은 재료는 얼마든지 확보할 수 있습니다!"

시장이 급하게 설명을 했다.

가온은 잠시 고민을 하다가 에보른 시티 정도라면 기가스를 충분히 생산할 수 있다고 판단했다. 물론 그렇다고 해서 그대로 밝힐 필요는 없었다.

"으음. 일단 그 건이 결정되어야 제가 에보른 시티를 후보에 넣을 수 있습니다. 결정이 되는 대로 연락을 드리겠습니다."

"감사합니다, 온 훈 경. 우리는 경만 믿겠습니다. 대가는 얼마라도 치를 수 있고 경에게도 따로 성의를 보일 테니 꼭 부탁합니다!"

시장이 시청을 나가는 가온에게 몇 번이나 간절한 얼굴로 부탁을 했다.

'이렇게 설계도 판매 대금을 올려도 괜찮겠네.'

가온의 입가에 미소가 떠올랐다.

새로운 협상

    그렇게 얘기가 마무리되어 갈 때쯤 정보국장이 다급한 얼굴로 들어오더니 시장에게 귀엣말을 했다.

    그러자 시장의 얼굴이 하얗게 질리더니 자신도 모르게 가온을 쳐다봤다.

    "무슨 일입니까?"

    "그, 그게…….."

    "세이틀 시티에서 손님이 방문했습니다."

    세이틀 시티라면 에보른, 팔탄, 라치온, 알펜 등의 시티를 관할권으로 두고 있는 열두 마녀 중 하나로 이미 한 번 만나서 기가스의 설계도를 넘기는 문제를 두고 진지한 대화를 나눈 바 있었다.

"설마 타이탄 경매를 문제 삼으려는 건 아닐까요?"

시장이 긴장한 얼굴로 가온에게 물었다.

"그건 아닐 겁니다. 일전에 라치온 시티에서 경매가 열렸을 때 부탑주와 정보 책임자를 만난 적이 있었는데, 좋은 분위기에서 대화를 나누었으니까요."

"아! 그랬군요. 특이하게도 찾아온 손님은 방문 사실을 비밀로 해 달라고 했습니다."

그제야 정보국장과 시장의 얼굴에 혈색이 돌아왔다.

"면담실을 하나 내주시겠습니까?"

"텔레포트 마법진이 있는 지하에 대기실이 몇 개 있는데 그곳에서 만나 보십시오. 국장이 직접 안내해 드리게."

"네, 시장님."

그렇게 가온은 지하의 대기실로 안내되었고 얼마 후 세이틀 시티에서 왔다는 손님이 들어왔다.

"메를렌 님."

"온 훈 경, 이렇게 빨리 다시 만나 뵙게 되어 반가워요."

"이렇게 빨리 재회할 줄은 몰랐습니다."

"호호호. 저도 그래요. 그만큼 기가스 설계도 건이 저희 시티에서도 뜨거운 화제거든요."

사실 세이틀 마탑은 열두 마녀 중 세력이 가장 약했다. 가장 늦게 타이탄 관련 기술을 확보한 영향도 있지만 기존 마탑들의 견제가 그만큼 강했기 때문이다.

"대부분의 시티는 열두 마녀가 동등하다고 여기지만 사실은 달라요. 최초에 공동으로 타이탄을 개발한 네 마탑, 일명, 콰드라스 카르도에 비하면 그들에게 기술적인 도움을 받아 타이탄 개발을 완료한 대신 타이탄 판매 대금의 일부를 콰드라스 카르도에 내야 하는 여덟 마탑은 하늘과 땅 차이가 날 정도로 힘이 약해요."

하지만 기가스라면 이런 상황을 타개할 수 있다.

익스퍼트 중급은 되어야만 탑승할 수 있으며 제대로 활약할 때까지 굉장히 많은 훈련 시간이 필요한 타이탄과 달리, 기가스는 동화율이 높고 재질에 따라서 막강한 전투력을 발휘할 수 있어서 익스퍼트가 아니라도 라이더가 될 수 있었다.

무엇보다 가격이 낮아서 접근하기가 용이했으며 대량으로 보유하면 같은 액수로 구입할 수 있는 타이탄보다 시티에 더 도움이 될 수 있었다.

당분간 타이탄 생산을 멈추고 생산 라인을 기가스를 돌리면 타이탄 배정 문제로 세이틀 마탑에 불만을 가지고 있는 권역의 대부분에 해당하는 시티들을 만족시킬 수 있었다.

그렇게 되면 당연히 세이틀 마탑의 위세가 강해지고 영향력 또한 막강해질 것이다.

그래서 상단의 이름으로 대리 구입한 기가스를 해체해 보았다.

당연하다면 당연한 반응으로 가장 중요한 열두 곳에 새겨져 있던 마법진은 즉시 불타서 사라져 버렸지만 흔적이나 크기로 보아서 타이탄의 그것에 비해 높은 수준은 아닌 것으로 판명이 되었다.

놀라운 것은 마나 증폭 기능은 없지만 기가스의 전신 곳곳으로 연결되는 특별한 회로가 완벽하게 이어져 있어서 동화율이 높을 뿐 아니라 라이더가 마나를 제대로 사용할 수 있다는 점이었다.

타이탄 공방의 연구진은 동화율이나 민첩성에 있어서는 기가스가 알파급 타이탄을 능가한다는 경악할 내용의 결과를 밝혀냈다.

즉, 마나 증폭은 할 수 없지만 전투 경험이 풍부한 라이더와 위력이 뛰어난 무기만 있으면 알파급 타이탄을 충분히 대체할 수 있었다.

재정 수입도 무시할 수 없다. 지난번에 라치온 시티와 에보른 시티에서 열린 경매에서 기가스는 평균 33만을 호가했다.

원가는 알 수 없지만 시작가가 15만 골드인 것을 생각하면 대략 20만 골드 전후이니 대당 수익도 컸다.

그렇기에 세이틀 마탑은 기가스의 설계도가 꼭 필요했다.

하지만 설계도를 쥐고 있는 아니테라 시티는 한 곳이 아니라 여러 시티가 기가스를 동시에 생산하기를 바라는 것 같았다.

거기에 아직 설계도 판매에 대한 부분도 명확하게 결정이 된 것도 아니고.

세이틀 마탑은 아니테라 시티에 대한 정보가 전혀 없지만 설계도 판매 건을 두고 입장이 서로 다른 두 세력이 날을 세우며 싸우고 있다고 판단하고 있었다.

하나는 세상 사람들의 안전을 위해서 기가스를 대량으로 생산할 수 있게 해야 한다는 입장인 것 같고 다른 한 세력은 타이탄 개발로 인해서 바닥이 난 재정 상황이 다시 풍족해질 때까지 설계도 판매를 보류 혹은 금지해야 한다는 입장인 것으로 추정되고 있었다.

"좀 바빠서 그러는데 이젠 절 만나고자 한 용건을 말씀해 주셨으면 좋겠습니다."

오늘은 경매 때문에 던전 공략에 나선 부대의 상황을 아직 파악하지 못해서 불안했다.

"죄송해요. 너무 제 얘기만 했네요. 오늘 제가 찾아온 건 제안할 것이 있어서예요. 물론 마탑과는 관계가 없는 개인적인 제안이에요."

"어떤 제안입니까?"

"저희 세이틀 시티를 포함해서 네 시티가 총액 200억 골드로 기가스의 설계도를 구입하고 싶어요. 물론 독점이고요."

처음에 들었을 때는 놀랐지만 진정하고 생각해 보니 충분히 나올 수 있는 제안이었다.

'열두 마녀의 세력권을 돌면서 설계도를 판매하는 것보다는 훨씬 편하긴 할 것 같네.'

그런데 의아한 점이 있었다. 이렇게 엄청난 규모의 금액이 포함된 제안인데 마탑과 관계가 없다니 이상했다.

"마탑과 별도로 하는 제안입니까?"

"네. 다른 세 시티의 후계자들과는 얘기를 했지만 마탑과는 관계가 없는 제안이 맞아요."

"흐음. 열두 마녀의 경우 마탑이 시티의 모든 부분을 장악했다고 알고 있는데, 이해가 안 가네요."

"세상에는 그렇게 알려져 있고 상당 부분이 사실이지만 아닌 부분도 있어요. 시티 권력의 대부분은 마탑에서 차지했지만, 그렇다고 해서 영인의 후계인 우리를 무시하지는 못해요. 특히 행정관과 전사 대부분은 명목에 불과하더라도 시장의 명령이 아니면 따르지 않을 정도로 신뢰하고 있지요."

가온은 열두 마녀에 해당하는 시티의 사정을 어느 정도 짐작할 수 있었다.

그러고 보니 지난번에 세이틀 마탑의 인물을 만났을 때 다른 이들이 메를렌을 영애라 부르며 조심스럽게 대했던 것이 기억났다.

그런 태도는 메를렌이 시장의 후계자로서 실질적인 힘과 영향력을 어느 정도 보유하고 있다는 증거였다.

'마탑들이 시티를 완벽하게 지배하는 건 아니었어.'

세이틀 시티의 경우 영인의 후계인 시장 일가는 대부분의 권력을 상실했지만 그래도 따르는 이들이 없는 건 아니었다.

'영인의 후계자들이 때를 노리고 있구나.'

상황은 확실했다. 그동안 마탑의 위세에 숨죽이며 살아온 영인의 후예들이 기가스의 설계도를 이용해서 반전을 노리는 것이다.

"전에 말했듯 기가스 설계도 판매 건은 확실하게 정해진 것이 아닙니다. 영애의 제안은 당연히 시티로 전달하겠지만 결과는 알 수 없습니다."

"그건 당연히 감안하고 드리는 제안이에요. 대신 마탑 측에서 모르게 해 주세요."

"알겠습니다."

일단 그렇게 면담은 끝났지만 메를렌은 아직 할 말이 남은 것 같았다.

"마지막으로 물어보고 싶은 것이 하나 있어요."

"뭐든 물어보십시오."

"온 훈 경은 아니, 아니테라 시티는 왜 기가스 설계도를 많은 시티를 대상으로 판매하려는 거죠? 돈 때문은 아닌 것 같은데요."

메를렌은 가온이 200억 골드라는 천문학적인 금액을 들었을 때도 표정에 아무런 변화가 없었으며, 그녀의 심안으로 그의 마음이 전혀 동요하지 않았다는 사실을 알 수 있었다.

"우리 시티도 그렇지만 저 역시 기가스를 널리 보급해서 시티를 중심으로 고립된 생활을 하고 있는 현 상황을 타개할 필요가 있다고 생각합니다. 그래야만 시티 밖에서 활개를 치고 있는 마수와 몬스터를 박멸할 수 있습니다. 수인족을 포함한 모든 인류의 잠재력은 막강합니다. 그리고 인류는 모일수록 강해지는 특성을 가지고 있습니다. 물론 그만큼 다툼과 분규가 많아지는 부작용도 있겠지만 말입니다."

"혹시 아니테라는 고대에 있었다는 제국과 같은 존재가 되고 싶은 건가요?"

"단언컨대 아닙니다. 그저 우리 시티가 오랫동안 겪었던 것처럼 마수와 몬스터 들로부터 목숨을 위협받는 상황에서 벗어나서 다 함께 평화와 번영을 누리고 싶은 마음에서 기가스의 설계도를 판매하려고 하는 겁니다."

"그럼 대가를 바라지 않아야 하는 거 아닌가요?"

"왜 대가를 받으면 안 됩니까? 우리 시티의 장인과 마법사들이 그렇게 오랜 시간 동안 천문학적인 연구비를 들여서 만든 결과인데요. 우리는 동정심과 자비심을 가지고 있지만 성자는 아닙니다."

가온의 말에 메를렌은 할 말이 없는지 입을 닫았다.

하지만 가온의 대답을 통해서 뭔가 확인을 했는지 표정은 나쁘지 않았다.

"만약 우리 네 시티의 제안이 마음이 안 들면 바꿀 용의가 있어요."

"어떻게 말입니까?"

"일전에 온 훈 경이 제시한 연합체는 사실상 불가능해요. 당시 즉답을 피한 것도 세이틀 마탑이나 시티 들의 입장에서는 받아들이기 쉽지 않아서이니까요."

그럴 줄 알았다. 아무리 건설용 타이탄을 구입할 수 있다는 메리트를 제시하더라도 이제까지 독불장군처럼 지내 왔던 시티의 입장에서는 자신들을 하나로 묶고 제한을 가할 수 있는 연합체와 같은 조직을 쉽게 받아들이기는 힘들 거라고 생각했다.

"하지만 기가스를 생산할 수 있는 능력을 갖춘 시티들을 대상으로 한 새로운 연합체를 결성하는 건 가능해요."

"그건 지난번에도 나온 말 같은데요."

지난번 세이틀 마탑의 요인들과 만난 자리에서 기가스의 설계도를 구입하는 시티는 기가스를 판매할 수 있는 독점적인 권역을 인정하는 내용으로 얘기를 나누었다.

"세이틀 마탑의 영역이 아니라 대륙 전 영역을 말씀드리는 거예요."

"그, 그게 가능합니까?"

그것이 가능하다면 차원 의뢰를 해결하는 데 걸리는 시간이 크게 줄어들 테니 가온의 안색이 밝아질 수밖에 없었다.

"네. 시티의 후계자들은 열 살 전후부터 성년이 될 때까지 옴팔로스 시티에 있는 아이테르 아카데미에서 수학하기 때문에 전부는 아니지만, 다른 시티의 사정에 대해서는 어느 정도 알거든요."

그런 아카데미가 있을 줄이야!

시티들이 말을 타고도 한두 달이 걸리는 거리를 두고 있었기에 그런 아카데미가 존재할 거라고는 상상도 하지 못했는데, 생각해 보니 텔레포트 마법진이나 통신석도 있는데 대륙 통합 아카데미가 존재하는 것이 불가능한 것은 아니다.

"옴팔로스 시티요?"

"저희와 같은 영인의 후인들에게는 성지예요. 첫 영인이 탄생한 곳이자 성스러운 기운이 농후해서 마수와 몬스터가 접근하지 못하는 곳이거든요. 그래서 대륙의 시티들이 힘을 모아서 관리를 해 왔는데, 대략 200년 전에 시장들의 합의로 종합 아카데미가 세워졌어요."

그런 곳이 있을 줄은 몰랐다. 그동안 가온은 시티들이 가까운 시티를 제외하고는 서로 교류하지 않는다고 생각해 왔던 것이다.

'그럼 얘기가 달라지네.'

실권을 쥔 시장의 후계자들이 몇 년간 함께 지내며 교육을 받는 장소이니 당연히 교류가 이루어질 수밖에 없었다.

'정보 길드가 없다는 사실 때문에 정보를 수집하는 데 너

무 신경을 못 썼구나.'

이런 정보를 미리 알았다면 좋았을 텐데 하는 아쉬움이 들었다.

"그럼 기가스를 생산할 수 있는 시티에 대한 정보를 주실 수 있겠습니까?"

"그건 어렵지 않아요."

가온은 일이 잘 풀린다는 생각을 하며 메를렌의 행동을 주시했다.

메를렌은 미리 준비를 했었는지 손가락에 끼고 있던 아공 간 반지 아이템에서 대륙 전도를 꺼냈는데 손으로 직접 그린 것으로 보이는 지도에는 수없이 많은 시티들이 표시되어 있었다.

"대륙 전도군요?"

"맞아요. 참고로 에보른 시티의 위치는 이곳이에요."

메를렌의 손가락이 닿은 곳은 대륙의 남서부였다.

'이제야 에보른의 위치를 알게 되다니.'

워낙에 거대한 대륙이고 정보 길드가 활성화되지 않은 세 상이라서 그동안 알고 싶어도 알 수가 없었다.

"대륙 전도는 극소수의 시티만이 가지고 있어요. 이 지도 를 가지고 있지 못하는 시티와 마탑 들도 꽤 많아요."

인적 물적 교류가 별로 없는 세상이니 이렇게 대륙 전체가 그려진 지도마저 엄청난 가치를 가진 모양이다.

대륙 전도는 일반 종이가 아니라 알 수 없는 얇은 가죽 위에 그려져 있었는데 산맥과 강까지 표시가 되어 있어 굉장히 정교해 보였다.

　"색깔은 열두 마녀의 영역을 의미하는 거군요?"

　대륙은 총 열두 가지 색깔로 엷게 칠해진 영역으로 나뉘어 있었는데 보라색으로 표시된 곳에는 알펜과 릴센 그리고 이곳 에보른 시티가 자리하고 있었다.

　"맞아요. 지도를 잘 보시면 두 겹이나 세 겹의 원으로 표시된 시티들이 보이실 거예요."

　이름과 함께 두 겹뿐 아니라 세 겹 혹은 네 겹의 원으로 표시가 된 시티들도 보였는데 원 자체가 컸다. 그리고 그중에는 아카데미가 있다는 옴팔로스 시티도 포함되어 있었다.

　"두 겹과 세 겹의 원으로 표시된 곳은 준메가시티이고 네 겹은 메가시티예요."

　그러고 보니 네 겹의 원으로 표시가 된 시티는 총 열두 곳이었다.

　'열두 마녀로군.'

　이렇게 보니 시티의 위치와 규모를 한눈에 알 수 있었다.

　"두 겹과 세 겹의 차이는 뭡니까?"

　"같은 준 메가시티지만 기술력을 포함해서 문명도를 기준으로 분류한 거예요."

　"그럼 세 겹의 원으로 표시된 시티들은 기가스를 생산할 능력이 있겠군요?"

"역시 금방 알아채시는군요. 어떻게든 타이탄을 단독으로 개발하려는 시티들이죠. 그들이 타이탄 개발에 사용하는 자금을 다 합하면 그야말로 천문학적인 규모가 될 거예요. 그것만 시티 재정으로 돌려도 시민들의 삶이 달라질 정도로요."

이렇게 되면 기가스의 설계도를 판매할 시티를 너무나 쉽게 결정할 수 있다. 세 겹의 원으로 표시된 시티의 숫자는 대략 130개 정도였다.

"혹시 메를렌 영애께서 이 시티들과의 만남을 비밀리에 주선할 수 있겠습니까?"

"저 역시 그럴 의향이 있기 때문에 얘기를 꺼낸 거예요."

메를렌이 기쁜 표정을 지으며 말했다.

"하지만 시간은 좀 걸릴 거예요. 열두 마녀와 그들의 영향을 강하게 받는 마탑들의 주의를 끌지 않으려면 마탑이 아니라 시티가 소유한 텔레포트 마법진을 이용해서 직접 만날 필요가 있거든요."

"얼마나 걸리겠습니까?"

"대략 석 달 정도요."

마침 가온이 일전에 말했던 기간과 비슷했다.

"좋습니다. 만약 그 모임이 성사된다면 귀 시티는 아무런 대가도 받지 않고 기가스의 설계도를 넘겨드리겠습니다."

"감사해요. 하지만 대가는 동일하게 드리겠어요. 대신 건설용 타이탄의 판매 대행권을 주실 수 없을까요?"

"판매 대행권요? 왜 그게 필요합니까?"

"제 말에 대한 가치를 높이기 위해서요."

영민한 여인이다. 세이틀 시티에서 건설용 타이탄의 판매를 대행한다면 그녀의 발언권이나 영향력은 자연스럽게 높아질 테고 설득을 하는 과정도 쉬워질 것이다.

"좋습니다. 그런데 의아한 부분이 하나 있는데 물어봐도 되겠습니까?"

"얼마든지요."

"영애가 주선하려는 모임에 다른 열두 마녀에 해당하는 시티가 더 있습니까?"

"네. 콰드라스 카로드에 해당하는 네 메가시티를 제외한 나머지 시티가 포함되어 있어요."

"그 이유를 알 수 있을까요?"

"네 메가시티는 최초로 고대 유적을 발굴해서 타이탄과 관련된 기술을 수습했어요. 그리고 그 기술을 바탕으로 열두 마녀 중 나머지 시티들의 자금과 인력을 끌어들여 타이탄을 개발했어요. 그리고 타이탄과 관련된 이권을 바탕으로 시티의 권력을 모두 손아귀에 넣었어요. 그 네 마녀에 해당하는 시티의 영인 후계 가문은 시장의 직위조차 지키지 못하고 감금 상태로 겨우 목숨만 부지하고 있어요."

네 메가시티의 시장 일가는 권력 투쟁에서 마탑에 철저하게 패배한 것이다. 나머지 여덟 개의 상황도 정도의 차이는 있지만 시장 일가의 세력이 약했다.

　"마탑의 영향력을 약화시키고 싶은 겁니까?"

　"맞아요. 마탑이 권력을 장악한 시티의 경우 대부분의 재화와 자원이 그들에게 투입되어서 시민들의 삶은 오히려 일반 시티의 경우보다 더 처참한 경우가 많아요. 저는 그런 불합리한 상황을 원래대로 되돌리고 싶어요."

　메를렌은 결연한 어조로 자신의 의지를 밝혔지만 가온은 전혀 감동받지 않았다. 아니, 오히려 마음이 더 불편해졌다.

　사실 가온은 영인의 후예로 자처하는 각 시티의 시장 일가에 대한 인상이 좋지 않았다.

　혈통만으로 고귀하다고 자부하며 당연하게 시장을 포함한 시티의 중요 직을 차지하는 영인의 후계자들에 대해서 본능적인 거부감이 들었기 때문이다.

　게다가 아무리 마수와 몬스터가 창궐한 세상이라고 해도 영인의 후예 대부분은 시티의 권력을 유지하는 데 급급해서 시민들의 삶은 안중에도 없었다.

　게다가 혈맥을 통해 전해진다는 영인의 능력이 무엇인지도 알 수 없었다.

　기껏해야 남들보다 빠르게 성장할 수 있다는 것이 유일하게 우월한 부분에 해당했다.

'뭐 상관은 없겠지.'

어차피 자신은 이방인이다. 오랜 세월 동안 공고해진 이 차원의 신분제를 굳이 바꿀 이유도 그럴 필요도 없었다.

"설계도를 넘길 경우 세이틀 시티는 마탑과 별도로 기가스를 생산할 수 있습니까?"

"당연하죠. 설계도만 있으면 마탑과 쉽게 타협할 수 있어요. 마법사들 중에서도 상당수는 마탑이 재물이나 권력을 추구하는 것이 아니라 마법 연구라는 본연의 목적에 충실해야 한다고 생각하고 있거든요. 정 안되면 시티의 능력만으로도 충분히 생산할 수 있어요."

생각해 보면 드베르텡 부탑주도 권력을 탐하는 인물로 보이지는 않았다.

그렇다고 마탑의 수뇌부가 이미 차지한 권력을 쉽게 놓지는 않겠지만 그럴 수 있으니 가능하다고 자신하는 것일 것이다.

"알겠습니다. 그럼 어디에서 모임을 가질 겁니까? 아니, 일의 경과를 주기적으로 확인했으면 좋겠는데요. 저 역시 돌아가는 사정을 알아야 시티에 보고를 할 수 있으니까요."

"그거라면 걱정하지 마세요."

메를렌이 아공간 팔찌에서 꺼낸 것은 목걸이였는데 설명을 들으니 펜던트 부분이 소형 통신기였다.

"일주일에 한 번은 연락을 드릴게요. 소리가 아니라 의념을 주고받는 방식이라서 누가 눈치를 챌 수도 없어요."

생각보다 훨씬 더 뛰어난 통신 아이템이었다.

"마지막으로 확인하고 싶은 것이 있어요."

"말씀하십시오."

"설계도에 대한 대가는 어느 정도를 원하시나요?"

"골드 기준으로 1억 골드에 해당 시티 주위의 던전에 대한 정보입니다."

"그럼 전용 아공간 아이템에 대한 정보는?"

가온은 말없이 고개를 저었다. 기가스의 제원을 고려하면 시티가 보유한 아공간 주머니로도 충분히 대체할 수 있었다.

"알겠어요. 그 정도 대가라면 거부할 시티는 없을 것 같아요."

열두 마녀에 속하는 시티라면 모르겠지만 대부분의 시티는 시장 일가가 모든 권력을 쥐고 있어서 그 정도의 대가는 얼마든지 치를 수 있었다.

"아! 그리고 그동안 우리 시티는 대략 열흘 간격으로 타이탄과 기가스를 경매로 판매할 생각입니다."

"안 그래도 부탁드리고 싶었어요. 열두 마녀의 시선을 다른 곳으로 돌리고 싶었거든요. 하지만 조심하세요. 세이틀 마탑과 달리 다른 마탑들, 특히 네 마탑의 경우에는 상상도 못 할 타이탄 전력은 물론 강자들이 즐비해요."

막강한 힘을 가진 세력들이니 계속 기가스를 판매하는 것을 용납하지 않을 가능성이 아주 높았다.

"그 부분은 항상 염두에 두고 있으니 너무 걱정하지 않으셔도 됩니다."

그렇게 대화를 마무리한 후 메를렌은 올 때와 마찬가지로 비밀스럽게 세이틀 시티로 돌아갔다.

메를렌은 나갔지만 가온은 여전히 그 방에 있었다. 시장과 그를 닮은 30대 초반의 남자가 찾아왔기 때문이다.

"저희 시티의 은인이신 온 훈 경을 뵙게 되어 반갑습니다. 에반 고른이라고 합니다."

"제 아들입니다. 곧 제 자리를 물려받을 든든한 녀석이지요."

에반은 전사가 아니라 마법사였는데 경지가 5서클이었다.

'외모에 맞는 나이라면 천재군.'

30대 초반에 5서클 경지라면 아이테르 차원에서도 천재라고 할 수 있었다.

"반갑습니다. 그런데 무슨 일로?"

세 명 모두 심각한 얼굴인 것으로 보아하니 단순히 후계자를 가온에게 소개시켜 주려는 자리는 아닌 것 같았다.

"혹시 세이틀 마탑의 영역 밖에서도 경매를 여실 의향이 있으신지요?"

"그건 왜 묻습니까?"

"저와 아카데미에서 함께 수학한 친구들이 경매와 건설용 타이탄 그리고 기가스에 대한 소문을 들은 모양입니다. 다리를 놔 달라는 부탁을 받았습니다. 물론 해당 시티의 시장님들도 같은 마음이시고요."

"어느 곳입니까?"

"다윰, 어렌, 레베트, 이칼론 시티입니다."

가온은 메를렌이 보여 주었던 대륙 전도를 각인 방식으로 기억해 두었기에 해당 시티의 위치를 떠올릴 수 있었다.

'에보른 시티와 비슷한 준메가시티로군.'

대륙 전도에서 세 겹의 원으로 표시가 된 시티들이지만 영역은 각각 달랐다.

"세이틀 마탑의 경우 우리 아니테라 측이 타이탄과 기가스를 경매에 올리는 것을 용인했지만 네 시티는 다른 영역에 있어서 어떨지 알 수 없군요."

"해당 시티와 상단 그리고 용병단만 대상으로 경매를 열 것이고 경매 전까지는 외부에는 소문이 나지 않도록 조치를 취하겠다고 했습니다."

"조건은요?"

"경매 수수료를 안 받을 것이며 알파급 타이탄은 55만, 기가스는 30만 골드를 보장하겠답니다. 물론 경매와 별도로 건설용 타이탄을 1기당 120만 골드에 네 종 모두 구입할 것이고요."

조건은 나쁘지 않았다.

'어차피 소문이 퍼져야 해.'

특히 기가스에 대한 소문이 널리 퍼져야만 했다.

지금도 시티 고위층이나 후계자들은 자기들끼리만의 통신 채널을 가지고 있어서 아니테라의 타이탄과 기가스에 대한 소문을 공유하고 있지만 이왕이면 상단과 용병단도 이 소문을 알았으면 좋겠다.

"좋습니다. 알파급 20기와 기가스 200기씩을 경매에 내놓도록 하지요."

가온의 긍정적인 반응에 에반은 만면에 미소를 지으며 옆으로 내렸던 손으로 주먹을 만들었다.

"다만 조건이 있습니다."

"말씀하십시오."

"경매는 방금 말한 시티 순서로 나흘 후부터 이틀 간격으로 정오 무렵에 열겠습니다."

"그, 그게 가능합니까?"

네 시티는 모두 영역이 다르기 때문에 말을 기준으로 하더라도 족히 1년 이상은 걸리니 에반이나 시장은 놀랄 수밖에 없었다.

"가능합니다. 아직 경매는 열지 못했지만 그쪽에도 우리 아니테라의 특사와 전사단이 파견된 상태입니다. 저야 아니테라와 이쪽이 가깝기 때문에 일찍 활동한 것이고 그쪽은 워낙 멀기 때문에 이제야 시티에 접근한 상태라고 들었습니다."

"아! 그렇군요."

"그리고 그 전에 해당 시티의 주위에 있는 던전에 대한 정보도 함께 주어야 합니다. 그리고 경매에는 타이탄과 기가스만 올라오는 것이 아니라 오늘처럼 던전에서 나온 아이템과 던전 공략에 대한 정보까지 포함됩니다."

"무슨 말씀인지 알겠습니다. 당장 그렇게 전달하겠습니다. 이 소식을 들으면 아마 환호할 겁니다. 던전에 대한 정보는 어느 정도 확보되었을 테니 잠시만 기다리시면 전해 드리겠습니다."

"대신 부탁이 하나 있습니다."

이번에는 시장을 보며 말했다.

"뭐든 말씀하십시오."

"경매 간격이 짧기 때문에 낙찰을 받을 상단이나 용병단을 대상으로는 타이탄과 기가스 기동훈련을 충분히 시킬 수가 없습니다. 당일 포함 이틀 정도밖에 시간을 못 낼 것 같으니 시장님이 해당 시티의 시장님에게 잘 얘기를 해 주십시오"

"그 정도는 문제랄 것도 없습니다. 전사용 타이탄 기동과 관련된 교습은 아예 그쪽에서 책임지라고 전하겠습니다. 아니테라 측에서는 건설용 타이탄과 기가스의 기동 교습만 해 주십시오. 우리 시티도 마찬가지입니다."

"그래 주신다면 움직이는 데 큰 도움이 될 것 같네요."

전사용 타이탄 기동과 관련된 교습만 빼도 부담이 확 줄어든다. 당장 에보른 시티만 해도 기가스 교습만 시키면 되는 것이다.

그렇게 메를렌이 추진하는 계획과 별도의 일정이 확정되었다.

전력 증강

시장 부자와 비밀 회담을 마친 가온은 곧바로 시티를 나와 교관 열 명을 소환해서 안으로 보낸 후 한창 던전을 공략 중인 부대의 상황부터 파악했다.

던전 공략은 순조로웠다.

애초에 위험할 수 있는 던전은 제외했고 전원이 타이탄과 기가스를 탑승했기 때문에 압도적인 전력으로 공략을 하는 것이 당연했다.

안심한 가온은 미리 정해 둔 던전으로 향했다.

'비행 마수가 서식하는 던전이 꽤 많아.'

수집한 정보 중 비행 마수가 보스인 던전은 31개로 적지 않은 숫자였지만 와이번이 보스인 네 개를 제외하고는 그리

등급이 높지 않았다.

그래도 상대가 비행 마수이기 때문에 아이테르 차원의 시티 전력으로는 공략하기가 쉽지 않았다.

고위급 마법사들을 보유한 마탑들도 있지만 방어라면 모르되 던전 내의 고산지대에 서식하는 비행 마수를 사냥하는 건 무척 어려웠다.

그래서 가온은 등급과 관계없이 비행 마수 던전은 모조리 공략할 생각이었다.

문제는 시간이다. 한 번 공략으로 소멸하면 최상인데 반복해서 생성되는 던전은 시간이 필요했다.

'아무래도 소형 마나포 정도는 판매해야겠네.'

타이탄을 복원할 정도의 기술력을 가진 이들이라면 마나포도 개발하겠지만 시간이 없다.

그리고 지금처럼 전사들이 다른 던전을 공략 중일 경우 그의 행동에도 제한이 생긴다.

공략을 완료하면 그곳으로 가서 아니테라로 돌려보내야만 했다.

물론 공략한 후 밖에 나와서 그가 올 때까지 대기할 수도 있지만 가능하면 빨리 아니테라로 돌려보내 전투의 피로를 풀게 해 주어야 했다.

'이럴 때는 본신이 있었으면 좋겠다.'

아니테라는 영혼과 연결된 아공간 차원이기에 자신뿐 아

니라 본신도 아니테라의 전사를 소환하고 돌려보내는 것이 가능했다.

물론 그건 불가능한 일이다. 본신은 지구에서 할 일이 있고 바쁘게 활동하는 중이거니와 이곳까지 올 수도 없었다.

'영력만 충분하면 가능한데.'

그래서 더 아쉬웠다.

'던전들이 대충 정리가 되면 마족 던전을 공략해야겠어.'

지금까지 사냥한 대상 중 영석을 가진 건 마족이 유일했다.

그리고 그 영석은 갓상점에서 구입할 수 있는 영석들과는 차원이 달랐다.

그래도 던전을 공략하는 데 보통 이틀 정도 걸리기 때문에 오늘 하루는 던전에 들어가도 상관이 없었다.

가온은 날을 세우는 한이 있더라도 최대한 많은 비행 마수 던전을 공략하겠다는 생각을 굳히고 가장 가까운 곳에 있는 비행 마수 던전으로 향했다.

'이곳이 와이번 던전이군.'

던전에 들어가기 전에 가온은 플라위스들에게 의념을 보냈다.

무리별로 각기 다른 곳에 자리를 잡고 시간을 보내던 플라위스들이 몰려왔다.

'왜 표정들이 그래?'

플라위스의 세 보스인 레드, 블루, 퍼플 모두 내키지 않는 감정을 표출하고 있었기 때문이다.

-주인, 암컷들이 알을 낳으려고 했다.

퍼플이 레드와 블루를 대표해서 대답했다.

퍼플 때문에 플라위스들을 아공간이 아니라 밖에서 지내도록 했는데 그새 알을 낳으려고 한 모양이다.

'아! 그러고 보니 너희에 대한 처우를 정했는데 얘기를 못 했네.'

처우라는 단어에 세 녀석이 큰 관심을 보였다.

'앞으로 너희들은 시간이 흐르지 않는 전용 아공간 대신 아니테라에서 지내라.'

마지막으로 차원석으로 공간을 확장했을 때 거대한 산맥이 생겼으니 그곳에서 지내면 될 것 같았다.

-주인의 다른 권속들이 산다는 세상이라면 당연히 찬성이다.

'그런데 한 가지 너희들이 지켜야 할 규칙이 있다.'

-그동안 들어가 있었던 곳만 아니면 된다, 주인!

-뭐든 지키겠다, 주인!

-무엇이든 명령만 해라, 주인!

다른 플라위스들은 아직도 자신들이 들어가 있었던 공간에 대해서 잘 모르지만 세 보스는 이른바 영능이 트였기 때문에 전용 아공간의 단점을 알고 있었다.

'그곳은 마나가 농후하고 기후가 아주 좋아서 풍요로운 곳이지만, 대부분은 황무지여서 너희들이 잡아먹을 먹이가 없다. 가축들이 있기는 하지만 그건 나의 다른 권속들이 먹어야 하니까 이렇게 밖에 나왔을 때 최대한 많이 먹어 두도록 해. 만약 밖에 나올 기회가 적어서 배가 고플 경우 내 아내 중 한 명인 모둔에게 얘기를 하도록 해.'

사실 일전에 퍼플이 고민을 털어놓았을 때 가온은 플라워스들을 아니테라에서 지내게 하면 어떨까 생각을 했는데, 그곳에는 녀석들의 먹이가 없어서 결정을 내리지 못했었다.

—먹이 때문이라면 문제없다. 우리는 많이 안 먹는다.

—성체가 되기 전까지는 열심히 먹어야 하지만 지금 성체들의 경우 한 번 먹는 것으로 한 달을 굶어도 죽지 않는다.

—두 녀석의 말이 맞다, 주인. 와이번 1마리를 잡아먹으면 최소한 한 달은 견딜 수 있고 최소한의 활동 정도라면 호흡할 때 흡수하는 마나로도 충분히 감당할 수 있다.

세 보스의 자신만만한 대답을 들은 가온은 플라워스들이 어느새 영물로 진화한 것 같다는 생각이 들었다. 그게 아니라면 마수가 이럴 수는 없었기 때문이다.

'좋아! 아무튼 앞으로 너희는 아니테라에서 지내게 될 것이고 한동안 새끼와 새끼를 가졌거나 새끼가 성체가 되지 않은 암컷은 소환하지 않겠다.'

-고맙다, 주인!

세 보스는 가온의 조치에 감사하며 그를 따라 차례로 던전으로 입장했다.

'공간이 작아.'

비행 마수 던전이라지만 여우족 인근에 생성되었던 던전이 AA등급인 것과 달리 A등급인 이유는 던전 안을 확인해 보니 알 수 있었다.

던전 한가운데 있는 높은 산을 중심으로 사면이 초원과 숲으로 둘러싸여 있었는데 AA등급의 던전에 비해서 규모가 10분의 1 정도에 불과했다.

플라위스들이 다 들어올 때까지 정령들이 살펴본 바에 따르면 비행 마수는 와이번 한 종에 불과했고 수도 1천 정도에 불과했다.

던전화가 된 이후 와이번이 그동안 많이 잡아먹었는지 던전 내에 서식하는 몬스터는 채 열도 되지 않는 고블린과 약간의 오크 무리와 얼마 안 되는 초식동물들밖에 없었다.

아마 밖으로 나간 와이번도 꽤 많은 것이다.

'시간 끌 것이 없겠어.'

가온은 플라위스들에게 산의 중턱 위쪽에 넓게 퍼져 있는 와이번들을 사냥하라고 명령을 내렸다.

상대가 와이번이라면 일당백까지는 아니더라도 10마리 정도까지는 어렵지 않게 상대할 수 있었다.

가온은 공략 속도를 높이기 위해서 그동안 제련한 비행 마수 구울까지 소환했다.

물론 녀석들의 존재에 대해서는 플라위스들에게 의념을 보내 놀라지 않도록 조치를 취했다.

무려 1만에 달하는 와이번과 그리핀 등 비행 마수 구울까지 가세하자 던전 내에 서식하던 와이번 1천여 마리는 불과 30분도 되지 않아서 전멸했다.

정령들이 상태가 비교적 양호한 와이번 사체들을 챙기는 동안 플라위스들도 자신의 몫으로 주어진 와이번 1마리를 제외하고는 정령들이 잘 챙길 수 있도록 사체와 마정석 등을 정리해 두었다.

플라위스들은 살이 연약하고 맛이 좋은 새끼들만 챙겼기 때문에 성체 와이번 사체와 알 들은 모두 정령들이 챙길 수 있었다.

차원석을 챙긴 가온은 플라위스들이 새끼 와이번을 다 잡아먹자 아니테라로 보낸 후 곧바로 던전을 나와서 보상을 확인했다.

'그래도 비행 마수 던전이 등급이 높아서 보상이 좀 후하네.'

직접 와이번을 사냥한 것이 아니라서 레벨은 전혀 오르지 않았지만 던전을 공략한 보상으로 자질구레한 아이템들이 나왔는데, 자신에게는 별로 쓸모가 없지만 전사들에게는 괜찮은 것들이 몇 개 있었다.

'비행 아이템이 계속 나오는구나.'

와이번 던전이라서 그런지 일전에 얻었던 그리핀의 날개 대신 와이번의 날개 10세트가 나왔는데 직접 착용해 보니 몸집에 비례해서 크기를 키울 수 있어서 타이탄에 탑승한 상태로도 사용이 가능했다.

여우족 근처에 있었던 비행 마수 던전과 달리 클리어 보상으로 획득한 명예 포인트는 20만에 불과했지만 가온은 불만을 가지지 않았다. 이 정도만으로도 충분히 만족했다.

카오스와 마누 덕분에 비행 마수 던전의 정확한 위치를 확인하고 공간 이동을 한 후 플라위스와 비행 마수 구울을 이용해서 던전을 공략하는 작업이 반복되었다.

플라위스야 일당십이 넘는 압도적인 전투력을 지녔고 생전의 능력보다 더 높은 전투력을 가지고 된 구울이 1만 마리나 되다 보니 던전 하나를 공략하는 데 채 1시간을 넘기지 않았다.

와이번 보스는 플라위스 성체만큼 강력했지만 세 보스에게는 상대가 되지 않았다. 굳이 가온이 마무리를 할 필요가 없었다.

레드와 블루 그리고 퍼플은 그랜드 소드마스터가 구현하는 오러 블레이드에 해당하는 형체가 선명한 오러 네일을 사용할 수 있을 뿐 아니라 독이 포함된 브레스를 방출할 수도 있었다.

가온은 보스 사냥이 끝난 직후에 죽은 보스를 대상으로 파워 드레인 스킬을 사용한 후 차원석을 챙겼다. 이제 와이번 정도는 단독으로 수백 마리를 사냥해도 레벨이 전혀 오르지 않아서 움직일 필요가 없었다.

그렇다고 가온이 놀고만 있었던 것은 아니다. 플라위스와 구울이 사냥을 하는 동안 가온은 정령들이 챙긴 양호한 상태의 사체를 구울로 제련하는 단순 작업을 계속했다.

단순한 작업이지만 쉬운 일은 아니었다. 사기(死氣)에 음양기를 적절하게 융합해서 제련해야만 하기에 상당한 집중력이 필요했다.

그렇게 구울을 제련하는 과정에서 정말 올리기 힘들었던 레벨 하나가 올랐다.

'다른 스킬은 아무리 A급이라도 이 정도로 썼으면 3 내지 4레벨까지 올랐을 것 같은데 이제야 2레벨이 되다니 이유를 모르겠네.'

그래도 2레벨이 된 덕분에 제련에 걸리는 시간이 절반으로 줄었고 제련된 구울의 능력이 1할 정도 증가했다.

그렇게 제련된 비행 마수 구울이기에 당연히 살아 있는 동종의 비행 마수보다 훨씬 더 강했다.

상처를 입어도 전혀 고통을 느끼지 못하기 때문에 그런 이유도 있었지만 사기와 융합된 음양기는 놈이 생전에 가지고 있었던 것보다 훨씬 더 강력한 힘의 원천이 되었다.

심지어 그리핀 구울의 경우 와이번 성체와 비등한 비행 능력과 공격력을 가지게 되었다. 그리핀이 와이번과 비교하면 모든 면에서 손색이 있다면 점을 고려하면 무척 놀라운 현상이었다.

그렇게 첫 공략에 성공한 부대가 나온 새벽 무렵까지 플라위스와 비행 마수 구울이 공략한 비행 마수 던전은 총 열두 개로 모두 와이번 던전으로 고생한 보람이 있었다.

'명예 포인트 240만에 비행 아이템 200개면 후한 보상이지.'

거기에 추가로 4천 마리나 되는 와이번 구울을 제련할 수 있었는데, 공략 과정에서 소멸한 구울은 1천 마리밖에 되지 않아서 3천 마리가 증가하는 결과가 되었다.

그 밖에도 재료 아이템으로 인기가 높은 와이번의 힘줄과 피막 그리고 와이번 본과 발톱 등은 수를 헤아리기 힘들 정도였고, 타이탄 기동에 꼭 필요한 중급과 중상급 마정석은 각각 3천여 개와 6천여 개를 획득했다.

상급 마정석도 1천 개가 훨씬 넘어서 베타급 타이탄을 기동하는 데 큰 도움이 될 것 같았다.

그 이후로는 따로 사냥을 하지 않고 던전을 공략하고 나온 부대장의 통신을 받으면 그곳으로 공간 이동을 해서 공략한 타이탄 라이더들의 공을 치하한 후 아니테라로 보내는 일을 반복했다.

'이곳 시간으로 6개월 안에 차원 의뢰를 완수해야지!'

빠르게 전력이 높아지고 있기 때문에 자신이 있었다.

다음 권으로 이어집니다

천하무적 운가장

운천룡 신무협 장편소설

꿈의 도약, 로크에서 하십시오
(주)로크미디어에서 신인 작가를 모십니다

즐거운 세상, (주)로크미디어는 꿈을 사랑하고 도전을 두려워하지 않는 작가분들의 참신한 작품을 기다리고 있습니다. 21세기 장르 문학계를 이끌어 갈 차세대 선두 주자 (주)로크미디어에서 여러분의 나래를 활짝 펴 보시길 바랍니다.

모집 분야 판타지와 무협을 포함한 장르 문학
모집 대상 아마추어 작가, 인터넷 작가
모집 기한 수시 모집

작품 접수 시 유의 사항

1. 파일명은 작가명_작품명.hwp 형식을 갖춰 주십시오.
1. 파일에 들어갈 내용은 다음과 같습니다.
   — 성명(필명인 경우 실명을 밝혀 주세요), 연락처, 이메일 주소.
   — 제목, 기획 의도.
   — A4용지 1장 분량의 등장인물 소개.
   — A4용지 2장 분량의 전체 줄거리.
   — 본문.
1. 작품이 인터넷에 연재되고 있다면, 게시판명과 사이트의 구체적이고 정확한 주소를 기재해 주십시오.

선택된 작품은 정식 계약 후 출판물로 간행되어 전국 서점에 유통됩니다.
작가분은 (주)로크미디어의 전폭적인 지원하에 전속 작가로 활동하시게 됩니다.
※ 자세한 내용은 로크미디어 홈페이지(rokmedia.com)를 참조하세요.

(04167)서울시 마포구 마포대로 45 일진빌딩 6층
(주)로크미디어 편집부 신간 기획 담당자 앞
전화 : 02)3273-5135
www.rokmedia.com   이메일 : rokmedia@empas.com